LES CHIFFONS DU RÊVE

Les ouvrages publiés de Madeleine Chapsal sont cités
à la fin du volume, p. 237.

Madeleine Chapsal

LES CHIFFONS DU RÊVE

nouvelles

Fayard

aux mains fines

La robe verte de la diva

La voiture de maître pénétra sous la haute porte cochère de la grande maison de couture, et le portier pensa qu'il n'avait jamais vu un capot aussi long que celui de cette Lincoln.

Avec un doigté qui révélait l'artiste – mais le mécanicien d'une aussi sublime diva ne pouvait qu'en être un –, la voiture s'immobilisa au bas des onze marches recouvertes d'un épais tapis rouge qui menaient chez Arthur Zamour, le célèbre couturier.

Le portier se précipita, mais le mécanicien l'avait devancé pour ouvrir la portière donnant sur l'escalier et derrière laquelle, connaissant la disposition des lieux, il avait au départ pris soin d'installer Madame.

La diva se prêtait avec complaisance à ce que lui suggérait son mécanicien, car il savait lui préparer ses entrées.

La chanteuse n'avait plus qu'à déployer son admirable sens scénique et son art incomparable du tempo. N'était-elle pas l'une des plus grandes cantatrices du siècle ? En fait, la plus grande, bien que les gazettes prissent un malin plaisir à comparer point par point les mérites de la pulpeuse diva italienne à ceux de sa rivale, la magistrale walkyrie venue du nord. Sans jamais conclure, car le sujet était trop juteux pour l'épuiser par un verdict prématuré !

Tandis que le chauffeur, sa casquette blanche d'une main, l'autre sur la poignée de la portière, les pieds en équerre, le buste incliné vers l'avant, attendait au garde-à-vous, la diva mit plus d'une minute à se disposer à descendre. Au point que le concierge, pourtant habitué à la lenteur étudiée des grandes dames, ou de celles qui voulaient se faire passer pour telles, commençait à se demander si la diva n'était pas victime d'un malaise…

Enfin elle se décida. Apparut d'abord une main gantée, et le mécanicien lâcha la portière pour la saisir, puis un pied potelé chaussé d'une fine peau de chamois beige clair qui tâtonna à la recherche du large marchepied de la somptueuse automobile, enfin surgit la tête, inclinée de côté comme il convient lorsqu'on est chapeautée d'une aigrette de vingt centimètres de long.

Dans un bruissement de tissus soyeux, le reste de la dame s'extirpa de l'habitacle et le portier comprit pourquoi le capot de la Lincoln était si désespérément long : tout, dans l'automobile, se devait d'être aux dimensions de sa propriétaire, majestueuse, énorme, anapurnesque !

Toutefois, c'est avec une époustouflante légèreté que la grosse diva, enfin désencaquée, escalada les onze marches qui donnaient tant de mal à certaines élégantes, épuisées par trop de nuits blanches ou du fait de l'âge.

« Il faut vraiment qu'on vous aime pour se hisser à pied jusque-là ! », minaudaient-elles en direction de la directrice du salon, venue l'air inquiet à leur rencontre, une main réprimant les battements de leur cœur, l'autre agrippée à la rampe. Elles faisaient alors penser à ces femmes du monde mises hors d'haleine par la montée des cinq étages menant à la chambrette d'un jeune bien-aimé.

La diva, elle, avait du coffre et du souffle, et c'est d'un avant-bras sans réplique qu'elle écarta l'escadron de vendeuses venu à sa rencontre. Exhibant sa célèbre denture dont l'exceptionnelle brillance éblouissait jusqu'au dernier balcon, découvrant sa grosse langue musclée par les trilles, elle coupa court aux empressements d'usage du personnel :

– Vite, mes essayages !

– Par ici, madame, dit Mme Verdeau, la directrice du salon qui devait son poste prééminent à un talent sans égal pour satisfaire sur-le-champ n'importe quel désir, fût-il non exprimé, d'une cliente.

En un rien de temps, la diva boula jusqu'au vaste salon d'essayage demeuré vide en prévision de sa venue.

D'un chuchotement impérieux, la première vendeuse avait dépêché quelqu'un prévenir l'atelier de l'arrivée de la diva. La cantatrice eut à peine le temps d'ôter ses gants, son chapeau, et de déposer le tout, en compagnie de son sac en croco, sur la table prévue à cet effet, que survint la première d'atelier, tout sourires, son essayage sous housse précautionneusement plié sur le bras.

– Par quoi commence-t-on ? demanda la diva d'une voix à faire trembler les vitres des hautes fenêtres donnant sur la plus prestigieuse des avenues parisiennes.

– Par la robe d'après-midi, madame ?

– Laquelle ?

– La verte…

– Ah, ah, celle que vous n'arrivez pas à terminer, ma petite Lucile ? Eh bien, voyons cela !

Là aussi, le professionnalisme de la diva se révéla à la maestria avec laquelle elle s'extirpa de sa robe de lainage noir incrustée de satin qui parvenait presque à lui donner l'air d'une Parisienne, pour s'introduire dans la robe de mousseline verte où subsistaient quelques fils de bâti.

Après tout, de face, avec les plis plats, le décolleté plongeant, les habiles transgressions de coupe que Mme Lucile, la première, s'était permises au niveau de l'ample poitrine sur laquelle brinquebalait le sublime sautoir de perles fines, cela pouvait passer.

Mais de dos !

L'arrière de la diva faisait malgré soi penser à une croupe, de celles que l'on aime flatter chez les juments, mais qui ne conviennent guère à l'élégance vestimentaire telle qu'on la conçoit en haute couture.

Mme Lucile le savait, la vendeuse le savait, le couturier, qui s'était bien gardé de venir en juger par lui-même, le savait également, mais c'était comme ça et il fallait faire avec !

– Cette fois, ça n'est pas mal... Je vois que vous avez supprimé les godets inutiles que ce pauvre Zamour se croit obligé de rajouter à tous ses modèles, sans doute pour cacher la maigreur poitrinaire des personnes qui se croient à la mode... Vous avez bien fait, mon petit... Le style, je ne cesse de le répéter, c'est la simplicité...

Là, la diva ne put se retenir d'enfourcher son dada favori :

– Tenez, la Swenborg (c'était le nom abhorré de sa rivale suédoise), elle croit qu'en multipliant les vocalises elle parviendra à dissimuler qu'elle n'atteint plus le mi, elle ne l'a d'ailleurs jamais pleinement donné, eh bien, c'est l'inverse, tant de roucoulades n'en révèlent que mieux ses lacunes... Voyons le dos !

La diva pivota sur ses fortes jambes, tourna son cou, orné de ces plis de graisse qu'on appelle hypocritement « colliers de Vénus », pour considérer ses arrières dans la glace.

C'est vrai que le vert cru n'est peut-être pas la couleur idéale pour un camouflage !

On ne pouvait toutefois reprocher à Mme Lucile d'avoir laissé trop d'ampleur : bien au contraire, il y avait si peu d'effet – peut-être en aurait-il fallu un peu plus ? – que la coupe risquait même, en dépit de l'abondance des rondeurs sous-jacentes, de faire « pauvre ». Ce dos-là était plat comme la main.

C'est-à-dire désespérément obscène, ainsi livré aux regards.

N'eût-il pas été plus habile de conserver, comme le voulait le modèle, un peu d'« emballage » ? s'interrogea muettement l'assistance.

Au dernier essayage, c'est exprès qu'on avait supprimé le lé incrusté de volants, jugé trop gonflant ! Mais, aujourd'hui, chacun regrettait la légèreté aérienne des volants de mousseline dont l'envoi, au moindre mouvement, donnait quelque chose d'autre à contempler que cet énorme arrière-train – il était temps d'appeler les choses par leur nom ! –, cette fesse éléphantesque qui paraissait unique à force d'être boudinée dans un étui de caoutchouc ôtant toute forme humaine à ce qu'il enserrait. Qu'est-ce que c'était que *ça* ?

Ah, la couture est un art difficile !

Le pire, c'était le silence de la diva...

Dans l'un des plus célèbres opéras de Wagner, la cantatrice, au moment d'attaquer une note aiguë à l'annonce de la mort de son amant, s'enferme dans un silence qui, à cet endroit capital du drame, a pour but de faire frissonner la salle.

La diva, qui conservait cet opéra dans son répertoire, avait eu l'idée de faire durer ce silence un peu plus longtemps qu'il n'est indiqué dans la partition... Pour prolonger l'effroi du public et, par là même, décupler sa satisfaction quand éclate enfin le chant désespéré entonné *fortissimo* par la voix sans égale – ou presque ! Mise au courant, la Swenborg s'était en effet empressée de surenchérir, ce qui fait que, de représentations en représentations, le « silence » de chacune des deux grandes dames de l'opéra lyrique ne cessait de s'étirer dans l'un de ces redoutables duels dont elles étaient coutumières et qui enchantaient le public, sinon les chefs d'orchestre.

Aussi, dans le salon de couture, chacun s'attendait-il à ce que la diva, au moment où elle allait reprendre la parole, émît non pas un jugement, mais la note suraiguë voulue par Wagner et qui, poussée à leurs trop proches oreilles, allait, c'était sûr, leur crever le tympan.

Le cri eut bien lieu.

Mais ce ne fut pas la diva qui le poussa, et tout le monde, elle-même y compris, tourna les yeux en tous sens pour voir d'où pouvait bien venir un son aussi déplacé dans les salons feutrés de chez Arthur Zamour.

C'était une frêle adolescente, l'une de ces petites fleurs de pavé à l'air rachitique, mais résistantes comme leurs nerfs et leur précoce endurance aux privations, en fait une apprentie, une arpète en blouse blanche, bas de coton, chaussures à barrette, qui l'avait poussé.

Que faisait-elle là ? On apprit plus tard que le petit « lapin de corridor », comme on disait de ces fillettes toujours à galoper sur demande d'un point à l'autre de l'immense maison, venait prévenir que la robe perlée aurait quelques instants de retard, car le dernier des cinquante-deux boutons-boules de sa fermeture n'était pas en place, mais allait l'être incontinent. En fait, l'arrondi non plus n'était pas terminé, et, lâchant leurs ouvrages respectifs, plusieurs ouvrières s'étaient solidairement mises à la tâche pour aider leur camarade. Ces fées assemblées étaient capables d'achever en cinq minutes ce qui aurait exigé une demi-heure d'une couturière ordinaire. Encore les leur fallait-il.

– Que vous êtes belle ! murmura la petite apprentie, le visage ruisselant de larmes, en se jetant aux pieds de la diva.

Oui, rompant avec le sévère rituel de la couture, lequel exige qu'on dissimule ses sentiments, la petite Louison, risquant le renvoi, avait osé prendre la parole devant une cliente et même la lui adresser ! Sacrilège supplémentaire, il s'agissait de la diva à laquelle on ne parlait d'ordinaire qu'à la troisième personne !

Déjà, la première d'atelier et la première vendeuse se précipitaient pour relever l'apprentie d'une main ferme et la refouler dans les coulisses où elle allait disparaître à tout jamais, qu'on leur fasse confiance, quand la diva posa sa lourde main chargée de bagues sur la tête de la petite Louison, faisant signe de l'autre qu'elle interdisait qu'on la touche.

– Vous me connaissez donc, mon enfant ?

(L'hypocrite !)

– Oh oui, madame ! Je vous connais bien moi !

– Comment ça ? minauda le monstre en vert cru.

– Eh bien, depuis que je suis toute petite, ma mère m'emmène à l'Opéra chaque fois que vous chantez ! Oh, pas à l'intérieur, nous ne sommes pas assez riches pour nous acheter des billets, mais à l'extérieur, au bas des marches, juste pour vous voir entrer ! C'est que vous êtes si belle… Je n'ai jamais vu quelqu'un d'aussi beau que vous ! Ah, si j'avais pu penser que je vous verrais comme ça aujourd'hui, je crois que je…

Elle ne savait plus comment continuer, Louison, mais ses quelques mots avaient coulé comme du miel aux oreilles de l'énorme diva. Car l'enfant ne lui disait pas qu'elle chantait bien, ni qu'elle était la plus grande cantatrice de son temps, et même de tous les autres, qu'aucune Swenborg ne ferait jamais le poids, tous propos dont elle était soûlée, bien qu'elle continuât de les apprécier. La petite lui sortait quelque chose de rare, d'étonnant, d'inattendu, et que même Luigi, son jeune amant, si bien dressé, semblait n'exprimer que du bout des lèvres : qu'elle était belle.

C'est de ce compliment-là dont la pauvre et solitaire diva, avec son merveilleux génie emprisonné, enfoui dans sa cage de graisse, avait tant besoin.

Surtout au cours d'un essayage, quand elle se considérait dans une glace à trois faces qui lui renvoyait sans pitié tous les angles obtus de sa personne... Certains couturiers, plus attentionnés que le maître Arthur Zamour, font disposer exprès dans leurs salons d'essayage des glaces spéciales, amincissantes ! Mais, à la demande de clientes qui voulaient obtenir la perfection, ce qui exige la vérité, les miroirs d'ici, hélas ! ne mentaient pas : on eût même dit qu'ils en remettaient, jusqu'à la limite du soutenable.

Confrontée à l'immense étendue verte qu'elle ne pouvait manquer d'apercevoir du côté de son dos, la cantatrice s'était tue, saisie, quand la jeune apprentie avait fait diversion, telle une bénédiction du Ciel.

Comme la diva – sinon, elle n'en aurait pas été une – avait du courage, elle plongea :

– Puisque je te plais tant, mon enfant, tu vas me donner ton avis : que penses-tu de ma robe ?

Un léger bruissement, semblable à celui d'élytres d'insectes, s'éleva de l'entourage : c'était l'appréhension qui, n'osant aller plus loin, cherchait quand même à s'exprimer.

– Vous êtes, vous êtes...

Louison ouvrit ses grands yeux d'un bleu de colchique, abrités sous d'immenses cils noirs, des yeux qui, jusqu'à sa récente entrée dans l'atmosphère luxueuse de la maison Zamour – c'était d'ailleurs la première fois qu'elle descendait au salon –, avaient plutôt contemplé la lèpre des mauvais quartiers qu'une diva dans ses sublimes atours, harnachée d'incomparables bijoux.

– Vous êtes si belle qu'on dirait une déesse !

– Tu ne trouves pas que ce vert me grossit un peu ?

Décidément, la diva était d'un courage insigne.

Tout le monde retint son souffle : le lustre allait-il s'effondrer comme dans cette salle d'opéra du fin fond de la Sicile le jour où la cantatrice, très en voix, avait poussé son célèbre contre-fa ? Heureusement, c'était au cours d'une répétition et la salle était vide… Mais là, on risquait le pire !

– Ah, madame, vous avez l'air d'une… d'une… d'une sirène !

Sa mère, autrefois, lui avait raconté l'histoire de la petite sirène du conte d'Andersen, qui avait accepté par amour de se retrouver avec des jambes de jeune fille, ornement qui lui faisait atrocement mal, surtout quand elle dansait, afin de séduire son prince bien-aimé.

Et, pour Louison, il n'y avait rien au monde de plus beau qu'une sirène verte.

– Même de dos ? insista la cantatrice.

« Ça y est, pensa Mme Verdeau, elle a deviné que la petite se fiche d'elle, ça va être le drame ! »

– Quel dos ? demanda Louison, décidément touchée par la grâce. Je ne vois pas de dos, vous êtes partout, partout c'est vous !

« Mais c'est que cette enfant a raison, se dit la diva, partout c'est moi ! Partout je suis et de partout je chante ! Mon vieux maître ne me disait-il pas que, sans un certain enveloppement, ma voix manquerait de substance ? Le bonhomme avait raison, c'est ce qui fait défaut à la Swenborg, la substance ! La pauvre a une voix diaphane, comme sa silhouette… »

Car la Suédoise, conformément aux canons de l'hygiène nordique, était plate et longue comme un jour sans pain.

– Je vois que tu as beaucoup de goût, mon enfant. Comment t'appelles-tu ?

– Louison, madame.

– Eh bien, Louison, tu vas continuer à me donner ton avis, cela peut m'être utile.

« Surtout, cela me fait du bien », pensa-t-elle intérieurement.

En effet, la diva était maintenant d'une humeur d'ange.

C'est sans problème que se poursuivit la redoutable séance d'essayage.

D'abord la robe perlée, enfin descendue de l'atelier : un petit bijou de fourreau brodé à la main d'un semis concentrique de microscopiques perles irisées. Arrêtée juste sous les genoux, la jupe se terminant par une immense frange de soie irrégulière à travers laquelle la diva s'amusa à faire paraître et disparaître un mollet fortement galbé qui lui aurait permis – avait méchamment écrit un critique, sans doute insatisfait de la place au premier rang qu'on lui avait réservée dans une salle archicomble –, d'incarner avantageusement l'un des gladiateurs, hallebardiers, lutteurs gréco-romains présents sur scène au cours de la plupart des opéras où se produisait la cantatrice.

– Comme c'est chic ! dit-elle à sa vendeuse. J'adore !

Ce fut ensuite au tour de la robe pourpre. Chacun sait que rien n'est plus grossissant que du taffetas, surtout écarlate, et la première vendeuse, au moment du choix, avait vainement tenté de dissuader sa cliente de prendre ce modèle.

Mais rien à faire, la diva fredonnait ce matin-là un air d'opéra qui l'obsédait, où il était question d'une femme vêtue de rouge qui fait mourir d'amour tous les hommes, et elle tenait à son écarlate. D'autant que la Swenborg, c'était connu, haïssait les coloris éclatants et s'était vouée au bleu pâle pour rappeler ses yeux – couleur « eau de vaisselle », d'après la diva.

Puis ce fut le tour de la robe en lamé or et argent, pour soirées de gala, qui arracha à Louison cette remarque enchanteresse : « On dirait que vous êtes à la fois le soleil et la lune ! »

C'était à peine poli, du moins pour ce qui concernait la lune, mais la diva n'entendait plus que ce qu'elle voulait entendre, et elle sourit d'un air attendri. Et puis, il fallait convenir que ce modèle à la coupe admirable, clou cette saison-là de la collection, eût convenu à n'importe quel galbe, même plus imposant encore que le sien.

Oui, dans la robe lamé or et argent, cette femme plantureuse avait l'air d'une divinité mythologique. Les épingles de son chignon ayant lâché, quand ses longs cheveux noirs se déroulèrent sur ses épaules, les plus réticentes parmi l'assistance lâchèrent des « oh ! » d'admiration.

Réconfortée par l'enthousiasme sincère qu'elle percevait autour d'elle, la diva leva l'un de ses gros et larges bras, et, d'une voix vibrante et sans égale, lança *a cappella*, en direction de la glace à trois faces, le plus bel air de la *Tosca*.

Louison retomba à genoux comme un petit oiseau frileux qu'elle était. C'était la première fois qu'elle entendait la cantatrice se donner.

Lorsqu'un grand artiste chante, que ce soit une mélodie sublime ou même un refrain des rues amené par un maître à son plus haut degré de perfection, la voix humaine, à laquelle nul instrument de musique ne se compare, exprime ce qu'il y a de plus divin – quoique habituellement dissimulé – dans notre nature. Ce qui s'exhale alors de parfait de cette créature imparfaite et féroce ne peut que remuer et humidifier les cœurs les plus secs.

Oui, même la Verdeau en avait les larmes aux yeux, et les jeunes ouvrières qui s'étaient vouées corps et âme à l'ingrat métier de la couture songeaient non sans mélancolie à leurs amours contrariées par les exigences de leur profession et au si bref passage de l'être humain sur cette terre.

Comment ne pas s'incliner devant une femme capable de vous faire éprouver de tels sentiments, c'est-à-dire le plus exquis de vous-même ?

Quand la diva s'arrêta, le silence était doux comme après une prière.

– Fini pour aujourd'hui, dit-elle.

C'était ce qu'elle disait à ses musiciens et à ses partenaires quand elle jugeait qu'une répétition avait assez duré.

Aussitôt, la première main et sa seconde s'approchèrent pour lui ôter son habit de lumière en veillant bien à ne pas piquer, avec l'une des épingles qui servent à maintenir en place un essayage, la chair débordante qui, désormais, leur paraissait d'une tout autre essence que celle d'une femme ordinaire. Elles en arrivaient même à penser qu'au lieu d'y en avoir trop, il n'y en avait pas encore assez !

Puis la diva remit sa robe noire, réenfila son manteau d'une fourrure légère comme la plume, enfonça son aigrette dans un sens légèrement scabreux – elle et l'élégance, ça ferait toujours deux ! – et lança à Louison :

– Je t'attends ce soir dans ma loge, ça va te plaire, je chante Juliette, c'est de ton âge ! Je te ferai donner une place. Tiens, prends ma carte, sinon on ne te laissera pas entrer...

Puis, souveraine, elle s'en alla. Non sans avoir tiré une liasse de billets de banque de son sac, qu'elle abandonna sans un mot, comme à l'accoutumée, sur la table du salon d'essayage.

Elle n'avait pas encore disparu que la petite Louison se disait, résignée : « Bon, pour moi, c'est fini... »

Mais personne ne lui adressa la parole, ni même ne la regarda, et elle put regagner son atelier comme si l'incident était oublié.

Inutile de dire qu'il ne l'était pas !

Mais, dans la haute couture, on ne pratique pas seulement l'art machiavélique de tricher avec la forme des corps et le matériau des étoffes, on sait aussi comment s'y prendre avec le personnel.

C'est d'un air négligent qu'un quart d'heure plus tard, passant comme par hasard tout près d'elle et sans la regarder, la seconde lui jeta : « Ce soir, Louison, c'est sans heure… »

Sous-entendu : on ne débauche pas à six heures, l'atelier doit rester au travail tant que la première le jugera bon, toute la nuit au besoin !

Dans l'instant, Louison comprit ce que cela signifiait : elle ne pourrait pas profiter de l'invitation mirobolante de la diva à aller l'entendre dans un coin perdu de la grande salle de l'Opéra ! Or c'était le dernier soir où la cantatrice se produisait à Paris. Le jour d'après, c'était relâche, à peine le temps de lui livrer ses toilettes – ce qui pouvait justifier les heures supplémentaires subitement décrétées ! – et elle partait pour l'Amérique.

Quand elle reviendrait, qui sait si elle se souviendrait de Louison, laquelle, de toute façon, ne serait plus apprentie chez Zamour.

La Sainte-Catherine approchait et, avec elle, l'époque redoutable où, ayant terminé leurs livraisons pour la saison d'hiver, les maisons de couture débauchent massivement.

Quelques mois plus tard, on réembauche et, pour reconstituer leurs ateliers, les premières reprennent les ouvrières et les apprenties qui leur ont donné entière satisfaction. Des mains fines, exceptionnelles, mais qui ont aussi une « bonne mentalité », c'est-à-dire qui sont à leur botte ou ont su en donner l'impression !

Louison se disait qu'après son esclandre, elle n'avait aucune chance d'être jamais reprise chez Zamour. Si on ne l'avait pas renvoyée sur-le-champ, c'est qu'elle serrait dans sa poche la carte de la diva, provisoire sauvegarde.

Et, tout en courant de la manutention à l'atelier, de la teinturerie au réfectoire où, les soirs sans heure, on tenait en réserve du café chaud pour celles qui en demandaient – aux apprenties, alors, d'apporter les tasses –, le « petit lapin de corridor » laissait couler sur ses joues, sa blouse, des larmes presque aussi grosses que les perles du sautoir de la diva. Personne ne s'en souciait. On pleure si souvent, dans les maisons de couture, pour une réprimande, un retard, une erreur, un oubli.

Quant à la diva, il y avait longtemps qu'elle n'avait pas aussi bien chanté et même joué que ce soir-là, ce qui ne va pas toujours ensemble. Les plus exigeants de ses admirateurs trouvèrent à sa gestuelle un moelleux, un abandon qu'elle ne montrait pas d'habitude et qui donnait à sa Juliette une juvénilité d'autant plus appréciée qu'elle n'avait plus tout à fait l'âge du rôle.

Il y eut même un critique, peut-être un tantinet trop amoureux, qui trouva moyen, le lendemain matin, de dire que, parmi mille autres prodiges, la grande diva italienne avait réussi celui de paraître « mince ».

Buvant son café au lait dans les draps de soie rose de l'hôtel Ritz parmi des buissons d'orchidées, la diva crut, à cette lecture, s'étrangler de plaisir, puis poussa quelques trilles aigus que, d'ordinaire, elle ne réussissait jamais le matin.

– Tu es mon rossignol d'amour ! roucoula Luigi avant de lui baiser la main.

– Ici ! ordonna la diva, piquant de son doigt potelé, qu'ornait l'émeraude offerte par un maharadjah, un point précis de sa grosse joue.

Docile, le jeune homme vint y planter son baiser.

Décidément, la vie des femmes « minces » est un champ de délices ! Et c'est avec le sentiment qu'elle aurait pu rivaliser avec une asperge que la diva, cette saison-là, et sous tous les horizons, ne cessa de mettre et remettre sa belle robe verte de chez Arthur Zamour, le plus génial, à l'entendre, de tous les couturiers parisiens !

Elle avait bien oublié Louison : elle en voyait tant, de ces petits êtres béats d'admiration devant elle. N'allait-on pas jusqu'à lui apporter des enfants à bénir ? Heureusement qu'elle savait garder la tête sur les épaules. C'était grâce à son sens féroce de la discipline. Car la diva, comme tous ceux qui sont parvenus au sommet, était un bourreau de travail. *La, la, la, la…*

C'est en serrant sur son cœur la carte de visite de la cantatrice que la petite Louison, après avoir été refusée partout à l'embauche de la saison d'été, se laissa glisser dans la Seine.

Comme l'art lyrique, la haute couture est un univers impitoyable.

Le bijou perdu

Le tissu est d'une telle fragilité, une mousseline arachnéenne rebrodée d'infimes éclats de métal mordoré, que, face à l'anxiété pourtant imperceptible de la première, Mme Walmore finit par comprendre ce qu'elle doit faire : ôter ses bijoux.

Déjà rien qu'en approchant la main pour soupeser l'étoffe de rêve, sa bague l'a accrochée. La première délivre rapidement le fil presque invisible, pris dans les aspérités du cabochon d'émeraude, et il ne s'est pas rompu.

Mais, en enfilant la robe, il est à craindre que les bagues, le collier, les boucles d'oreille, tout le lourd et somptueux harnachement de la richissime cliente se prenne dans la texture du tissu et l'éraille.

Ce qui ne sera pas réparable.

Mme Henriette, la vendeuse, s'est éloignée un instant pour aller téléphoner elle-même chez Bennett, le fabricant de tissu, afin de savoir s'il existe encore du velours de laine rouge lie-de-vin, comme en désire Mme Walmore pour un manteau de demi-saison.

Son absence est regrettable, car seule Mme Henriette a assez d'autorité sur ses clientes pour déclarer à voix haute, si besoin est : « Je crois, madame, que vous devriez ôter votre soutien-gorge. » Ou même : « vos bagues ».

La première, qui ouvre rarement la bouche une fois au salon – elle se rattrape dans son atelier –, et seulement d'un ton soumis, ne se sent pas de force à donner un ordre à une cliente, ni même à lui faire une suggestion. Du moins verbale. Car il lui arrive, par sa façon de présenter une robe à une femme, qu'elle dirige son geste pour l'enfiler : par le bas, le côté, le haut.

Ou alors, par un attouchement tel qu'un cavalier de première classe ne saurait rêver en donner de plus léger, elle impose à sa cliente une demi-volte ou même le déplacement d'un « antérieur », ce qui lui permet d'achever plus commodément son essayage.

La plupart du temps, la cliente exécute le mouvement comme s'il était spontané, tout en continuant de discuter avec sa vendeuse.

Mais demander à Mme Walmore d'ôter quelque chose qui fait autant partie de sa personne que ses célèbres bijoux – ne sont-ils pas mentionnés dans les gazettes quand on parle de cette brillante mondaine ? – relève du sacrilège. C'est ainsi, en tout cas, que le ressent la première d'atelier.

Et c'est parce qu'elle persiste à tenir l'essayage hors de portée de Mme Walmore que celle-ci se dit qu'il doit y avoir quelque problème.

Considérant vainement la première et l'ouvrière – elle aussi rendue muette par le respect –, voyant que Mme Henriette ne revient toujours pas, Mme Walmore se résigne à chercher seule ce qu'on attend d'elle ! Soudain, c'est l'illumination :

– Je crois que je vais ôter mes bijoux !

Deux poitrines laissent échapper un soupir de soulagement.

Après avoir retiré ses trois bagues, dont le cabochon d'émeraude qui fait si peur à Mme Louise, Mme Walmore regarde autour d'elle ce qu'elle va pouvoir en faire, puis avise le cendrier de cristal posé sur le petit guéridon qui, avec l'unique chaise, compose tout l'ameublement de la cabine.

– Je le mets là ! dit-elle tout haut.

Elle détache ensuite son collier de perles fines, quatre rangs dont chacun suffirait à faire la joie d'une femme ordinaire, son léger bracelet de platine et diamants, parure à la mode cette saison-là, puis tend ses bras et ses mains dénudés vers l'essayage pour qu'on lui enfile la petite merveille en mousseline rebrodée.

Mais Mme Louise, qui tient la robe béante pour la passer par-dessus la tête de sa cliente sans nuire à sa mise en plis, continue de se tenir à distance.

Qu'y a-t-il encore ?

Ah, les boucles d'oreilles ! Et Mme Walmore décroche consciencieusement, d'abord l'un, puis l'autre des deux diamants qui brillent à ses oreilles, comme sertis dans la chair rosée.

Quand Henriette revient du téléphone en s'excusant pour le temps écoulé – mais chez Bennett, n'est-ce pas, ils ont dû passer en revue les velours de laine, puis mesurer ce qui reste du lie-de-vin, Dieu merci il y en a juste assez pour faire le manteau –, Mme Walmore est en train de se considérer avec satisfaction devant la glace.

– Je crois que nous sommes bien, qu'en pensez-vous, Henriette ?

Tout en donnant ses explications sur le velours de laine, Henriette a rapidement évalué l'essayage d'un œil expert, à la recherche du défaut, car aucune grande vendeuse ne peut se contenter de dire d'emblée : « Tout va bien. »

Et elle l'a trouvé, bien sûr !

– Il faut remonter un peu, ça pleure à la taille…

– C'est vrai, concède Mme Walmore.

Déjà, les mains de la première s'affairent au niveau de la taille, reprenant le tissu centimètre par centimètre, les épingles qu'elle s'est plantées côté pointu dans la bouche, pour les avoir plus vite à disposition, justifiant son silence.

Pendant ce temps, Mme Walmore pivote sur elle-même, considère son dos, ses profils, se recule pour voir l'ensemble. La première, qui a l'habitude de travailler sur du « bougeant », ne se formalise pas ni ne s'interrompt, contrairement aux couturières inexpertes qui ont le toupet de dire à leurs clientes : « Restez donc tranquille, s'il vous plaît, madame, je n'y arrive pas ! »

En haute couture, on arrive toujours à tout, d'où le sentiment de supériorité des ouvrières des grandes maisons par rapport à leurs congénères.

La petite main, Albertine, qui assiste à un essayage pour la première fois depuis qu'elle travaille dans l'atelier de Mme Louise, s'imprègne de ces règles subtiles et exigeantes qui consistent à ne jamais contrarier la cliente, mais à lui donner raison en même temps qu'entière satisfaction. Elle comprend soudain pourquoi, dans la rue, une fois « débauchée », comme on dit en Charente, elle a tendance à redresser son dos, pourtant rompu par huit heures de couture : elle a le sentiment que tout le monde devine qu'elle travaille chez Morrelle, le plus prestigieux des couturiers parisiens !

Albertine participe d'un grand métier où il y a très peu d'élus car, en plus de l'habileté manuelle, du goût, de la persévérance et de l'endurance, il y faut l'intelligence des rapports humains.

Et si, ce matin, Mme Louise lui a jeté sur un ton qui n'admet pas la réplique – ni d'ailleurs les questions : « Albertine, suis-moi », c'est que sa première la juge enfin digne d'en faire partie, et même suffisamment évoluée pour – honneur suprême, quand on n'est que petite main – descendre au salon.

Immobile, à trois pas en arrière, Albertine tâche non seulement de ne pas perdre une miette de ce qui se passe, mais de devancer, si possible, les désirs et les besoins de sa première. À qui elle tend des épingles, tenues par la pointe entre ses doigts rapprochés en bouquet, à l'instant même où Mme Louise n'en a plus dans la bouche et cherche d'une main hésitante – car elle ne veut pas quitter des yeux son essayage – la pelote accrochée à sa ceinture.

Louise ne lui dit pas merci, mais Albertine sent qu'elle a marqué un point. Il faudra qu'elle en marque encore énormément avant de devenir à son tour seconde main, première main, seconde d'atelier et enfin première d'atelier. Mais, pourquoi pas ? Elle en est capable : « Tu feras une grande carrière, ma chérie, je le sais, je le sens… » lui disait sa mère.

D'avance, la pauvre femme était fière de sa fille. Elle avait raison : jamais Albertine ne la décevrait, dût-elle demeurer fille, comme toutes celles qui se consacrent au dévorant métier de la haute couture.

– J'aurais peut-être mieux fait de la prendre en bleu…, soupire soudain Mme Walmore.

Les vendeuses ont l'habitude. Au moment où l'on approche de la perfection, point si difficile à supporter par les imparfaites créatures humaines que sont les clientes, mêmes les plus élégantes et les plus riches, on les entend souvent déclarer qu'au fond ça n'était pas ce modèle-ci qu'elles auraient dû choisir, ni ce coloris, ni cette étoffe…

C'est à la vendeuse de les consoler, les réconforter, les bercer, comme une mère affirme à son enfant qu'il est le plus grand, le meilleur – et Mme Henriette se récrie :

– En bleu ! Surtout pas, cela ferait fade !

– Vous croyez, Henriette ?

– Absolument ! enchaîne Mme Henriette en inventant complètement la suite. Nous l'avons exécutée pour une Américaine qui l'avait exigé, c'était très décevant. Enfin, elle retournait aux États-Unis, et là-bas…

Henriette n'achève pas, ça n'est pas la peine, Mme Walmore est déjà convaincue.

– Oui, peut-être, ce ton fait plus…

– … Plus éclatant », conclut Henriette qui a une série d'épithètes toutes prêtes. Ce sont toujours les mêmes, mais elles marchent à tout coup comme si elle les utilisait pour la première fois. « Plus élégant, aussi… », s'empresse-t-elle d'ajouter, car le mot « éclatant » pourrait prêter à confusion, faire vulgaire. Et, pour bien enfoncer le clou, la vendeuse ajoute le mot suprême : « Et plus jeune ! »

Car c'est cela qui a rendu Mme Walmore inquiète et quelque peu mélancolique : la robe est sublime, elle le sait, mais elle, elle…

Eh bien, elle est un peu moins jeune que l'année dernière. Et beaucoup moins qu'il y a dix ans !

– Cela accentue encore la finesse de la taille, achève Mme Henriette qui en remontrerait à des professeurs de psychologie. D'ailleurs, Louise a constaté que les mesures qu'elle a prises sont inférieures à celles de l'année dernière !

Quand elle s'adresse à sa cliente, ça n'est ni à la première ni à la troisième personne, mais dans un monde intermédiaire – autre performance, linguistique celle-ci.

– Ah vraiment ? dit Mme Walmore, tout à fait ravigotée, en jetant un regard du côté de Louise qui se contente de hocher la tête.

Albertine s'étonne : elle n'a rien constaté de tel sur le cahier des clientes, mais, puisque sa première et la première vendeuse disent qu'il en est ainsi, c'est elle qui aura mal lu.

Dans les maisons de couture où règne une hiérarchie quasi militaire, les supérieurs ont toujours raison : c'est simple. Même quand ils se trompent. Et ça, c'est moins simple : il faut réparer leurs erreurs car le tissu, lui, n'accepte pas la triche. Aux ouvrières de se « débrouiller » !

Oui, vraiment, la couture est un très grand métier.

– Bon, alors, vous me livrez quand ? dit Mme Walmore qui se détourne pour faire face aux exécutantes, après un dernier coup d'œil – affectueux, celui-là – à sa silhouette dans la glace.

Maintenant qu'elle est rassurée sur elle-même, elle doit à nouveau se montrer ferme. Tout le monde le comprend et entre dans le jeu :

– Madame en a besoin pour quel jour ? demande Louise qui prend cette fois la parole en s'adressant, par respect, non à Mme Walmore, mais à la vendeuse.

– Mais demain, Louise, le bal est demain soir…

– J'aimerais l'avoir tôt », ajoute Mme Walmore qui, avec l'aide d'Albertine, vient de remettre sa petite robe de lainage noir, et le fait de s'être rhabillée ajoute à sa reprise d'autorité. « Pour que ma femme de chambre puisse la repasser. »

– Oh, madame, elle arrivera impeccable ! Je veillerai moi-même à l'emballage, ne peut s'empêcher de dire Louise.

– Madame Walmore veut dire qu'elle l'essaiera dès la livraison pour réfléchir à sa coiffure et aux bijoux, dit Henriette qui sait qu'on ne doit jamais contredire une cliente, fût-ce pour l'assurer qu'elle n'a pas à douter de la perfection du travail que l'on exécute pour elle.

– C'est cela, dit Mme Walmore que l'idée n'avait pas traversée, il faut que je réfléchisse à mes bijoux. Qu'en pensez-vous, Henriette : avec ce mordoré, les perles ? les diamants ? les émeraudes ? Peut-être que les rubis, par contraste.

– Je crois que j'irais dans le sens du blanc, madame.

– Oui, c'est bien ce que je pensais : les diamants.

Mme Walmore a remis ses perles, c'est-à-dire qu'elle a présenté le collier devant son encolure et qu'Henriette s'est aussitôt approchée pour mettre en place le fermoir et la petite chaînette de sécurité. Puis Mme Walmore, d'un geste habitué, enfile successivement ses trois bagues, deux à la main gauche, une à la droite, son bracelet de diamants qui, pour une fois, accepte de s'attacher très facilement, et elle s'apprête à reprendre ses boucles d'oreilles.

Pour cela, elle jette un coup d'œil du côté du cendrier de cristal.

Tiens, elle n'en voit qu'une !

Instinctivement, elle tâte ses oreilles : elle a déjà dû fixer la première sans s'en rendre compte. Mais non, ses oreilles sont nues.

Elle regarde à nouveau du côté du cendrier, sans un mot.

Mais son attitude trahit une telle perplexité que Louise, qui s'apprêtait à retourner à l'atelier, son essayage sous housse sur le bras, s'immobilise. Albertine, par imitation, en fait autant, bien qu'elle n'ait rien perçu de ce qui se passe, toute à sa joie d'avoir assisté à quelque chose d'aussi grandiose qu'un essayage.

Quant à Henriette, elle s'est précipitée au secours de sa cliente.

– Où est ma boucle d'oreille ? demande Mme Walmore sur un ton où surnage l'étonnement.

– Elle a dû tomber, madame, dit calmement Henriette en jetant un coup d'œil au tapis autour du petit guéridon.

Rien.

Alors elle soulève le cendrier : rien non plus.

– Venez donc voir, Albertine, madame a perdu sa boucle, elle a dû rouler…

Immédiatement, Albertine est à quatre pattes, elle fait toute la cabine – rien.

– Tout de même, dit Mme Walmore, je suis sûre de les avoir mises là, toutes les deux.

– Bien sûr, madame, nous allons la retrouver, elle a dû se prendre à quelque chose…

Henriette a compris la suggestion : déjà, elle a ôté la housse et elle examine, pli à pli, la robe de mousseline dont le tissu rebrodé, s'il a balayé le cendrier pendant l'essayage, ou après, a pu happer la boucle.

Rien.

Rien non plus dans le sac de Mme Walmore – elle l'a fouillé, on ne sait jamais. Rien dans ses cheveux… Elle se redéshabille, par acquit de conscience : rien dans sa robe, ni dans sa combinaison, ni dans ses gants – on a aussi pensé aux gants. Rien nulle part !

Le temps passe, et ce qui n'a paru, au début, qu'une légère anicroche devient sujet d'énervement, puis d'inquiétude, enfin d'angoisse.

– Ce n'est pas seulement qu'elles sont en diamants ! finit par dire Mme Walmore pour justifier sa nervosité croissante, c'est qu'il s'agit d'un souvenir de ma mère. Elle les portait toujours, je les ai prises ce matin en pensant à elle, sinon je ne les mets pas. Ce n'est pas de chance…

– Elle n'a pas pu disparaître comme ça ! murmure Mme Henriette.

– Ça, sûrement pas, dit fermement Mme Walmore.

– Personne n'est entré ici ? demande Henriette qui se souvient de s'être absentée.

– Personne, confirme Louise, il n'y avait que nous, nous deux, dit-elle en considérant soudain Albertine.

D'un seul coup, la jeune fille devient cramoisie.

– Ça n'est pas moi !

– Personne ne vous accuse, mon enfant ! dit Mme Walmore, cette fois majestueuse. C'est seulement que j'y tiens.

Elle y tient tellement que, le soir même, les gendarmes sont chez Albertine, dans le petit deux-pièces qu'elle occupe et où sa mère a été couturière en chambre. Bien sûr, avant d'en arriver là, Albertine a été fouillée, de même que son tiroir à l'atelier où ça n'a pas fait bon effet.

Personne ne soupçonne vraiment Albertine, pour l'instant, mais une telle chose ne doit pas arriver. Une cliente ne doit pas perdre ses bijoux, ou même seulement les égarer en cours d'essayage.

Le couturier, finalement prévenu, fronce les sourcils. Bien sûr, sa maison est prête à rembourser, pour étouffer la moindre rumeur, mais peut-on rembourser un souvenir de famille ? En tout cas, Mme Walmore ne paiera pas sa robe.

Cela, c'est une chose entendue.

De plus, il n'est pas question de reprendre Albertine. On ne la laisse même pas franchir à nouveau la porte de la maison de couture pour venir récupérer ses aiguilles et ses ciseaux dans son tiroir : c'est une camarade qui les lui apporte à domicile. Question de principe : une ouvrière de la maison Morrelle ne doit pas, ne peut pas être mêlée à ce qui ressemble à un vol, même si elle n'y est pour rien. Et même s'il ne s'agit pas d'un vol.

Elle n'avait qu'à ne pas être sur place au moment de l'incident.

Depuis trois jours, Albertine n'a pas cessé de pleurer.

Elle a compris : non seulement sa carrière est terminée chez Morrelle, mais ce n'est pas la peine qu'elle se présente à l'embauche dans une autre maison de couture, on ne la prendra pas.

La haute couture est une grande famille où les bruits vont vite. Et tout le monde est au courant du « drame » : tandis que Mme Walmore essayait chez Morrelle, l'une de ses boucles d'oreille en diamant a disparu. Oui, disparu !

Et puis, il faut voir les choses en face : on ne peut pas, sous peine d'un énorme scandale nuisible à la réputation de l'ensemble de la maison, faire porter l'ombre d'un soupçon sur Henriette et Louise, qui sont là depuis vingt ans.

Il faut donc qu'il y ait un bouc émissaire, une « petite » dont il est de bon ton, désormais, de dire qu'on ne sait pas d'où elle vient, qu'elle n'était là que depuis très peu de temps… (Un an, en fait, mais c'est esquivé.)

Pour « blanchir » totalement la maison Morrelle, on va même jusqu'à dire que le jour où on l'a embauchée, la directrice du personnel était malade, et qu'on l'a prise sur sa bonne mine, sans exiger les certificats d'usage.

Une erreur, et toutes les erreurs se paient. Heureusement que Mme Walmore est une très très grande dame : elle n'a pas voulu porter plainte.

Deux ans plus tard, Albertine, qui a fait de la plonge pour survivre, a perdu sa « main fine » ; elle ne sera jamais une grande ouvrière de la haute couture, c'est fini pour elle.

Mme Walmore vient d'ouvrir son coffret à bijoux pour y déposer la nouvelle parure de saphirs et de diamants que lui a offerte son époux (pour se faire pardonner une infidélité par trop notoire) ; elle aperçoit son bracelet de diamants qu'elle n'a pas remis depuis l'incident, il avait cessé de lui plaire, et elle veut vérifier s'il ne jurerait pas avec la tiare et le nouveau collier.

Elle l'enfile, quelque chose la pique au poignet.

Mais qu'est-ce que c'est ?

Mme Walmore est un peu plus presbyte qu'il y a deux ans – l'âge, hélas ! – et il lui faut éloigner son bras, qu'encercle le bracelet, pour mieux le voir. Mais qu'est-ce que c'est que ça qui s'est faufilé entre les pierres ? Il y en a une de supplémentaire, accrochée parmi les autres !

Elle saisit l'intruse, la détache non sans mal, car elle paraît imbriquée dans la monture.

Sa boucle d'oreille !

Est-ce bête, tout ce temps elle était là, où elle avait dû se ficher d'elle-même, dans le cendrier, le jour de l'essayage ! Quand elle a remis son bracelet, elle s'en souvient maintenant, le fermoir s'est tout de suite mis en place, et elle n'a pas eu besoin de le considérer de près. Une fois chez elle, elle a ôté le bijou pour le ranger – jusqu'à aujourd'hui.

Mme Walmore considère la boucle d'oreille avec attention : décidément, ce diamant est bien petit, et d'une eau pas très claire, sans compter que la monture date. Elle est heureuse d'avoir remis la main sur les pendants de sa pauvre maman, mais elle ne les mettra plus.

Quant au bracelet, elle avait raison : il n'est plus portable !

Il faudra tout de même qu'elle dise à Henriette qu'elle a retrouvé sa boucle, quand elle ira chez Morrelle, et que la petite ouvrière n'y était pour rien.

Puis elle n'y pense plus. La saison commence et, avec elle, bien des tracas.

Albertine ne fut donc jamais lavée du soupçon, cela n'aurait d'ailleurs servi de rien : elle n'était plus utilisable.

Un grand métier, comme celui de la haute couture, vit aussi de ses victimes.

C'est ainsi qu'une tradition perdure et se renforce.

La guerre des chiffons

Appelé à son secours par le concierge du Royal-Biarritz, le directeur ne sait plus à quel saint se vouer !

Depuis des années que son établissement reçoit régulièrement, à la fin juillet, Mme Lempyre, venue en villégiature – « en cure », dit-elle – après l'énorme effort qu'elle a fourni, comme chaque année, pour achever sa collection, il ne peut lui faire l'affront d'accepter chez lui la présence de sa pire concurrente, sa rivale haïe, et même, d'après ce qu'on murmure, son ennemie intime.

Mais le chauffeur de Melle Desmodes demeure planté devant le bureau d'accueil, sa casquette à la main, le sourcil froncé sur un visage sans expression, à répéter :

– Nous sommes en panne, nous avons coulé une bielle, nous ne pouvons pas continuer…

– C'est que, hélas…, reprend le directeur en faisant mine de feuilleter le registre des inscriptions. Hélas, hélas !

À nouveau il s'interrompt. Le mot « complet » n'arrive pas à sortir de sa bouche face à cet employé qui a l'allure d'un écuyer royal. Et si la reine d'Angleterre tombe en panne devant le Royal-Biarritz, lui répondra-t-il que l'hôtel est complet ?

Le directeur s'« arrangera », sinon quel scandale ! Or Melle Desmodes n'est-elle pas une reine, une reine de la haute couture ?

Reste qu'il en a déjà une, et Mmes Desmodes et Lempyre venant à se rencontrer dans la salle à manger, ne risque-t-on pas l'esclandre ? Le crêpage de chignons ?

Le directeur tente d'imaginer la scène, puis se dit que c'est impossible : des personnes qui règnent si fermement sur l'élégance mondiale ne peuvent en aucun cas se conduire comme des… comme des… Il n'arrive pas à trouver le mot !

C'est en précédant dans le vaste couloir du premier étage le chauffeur qui veut juger de l'appartement par lui-même avant d'y introduire sa patronne, que le directeur retrouve l'expression qu'il cherche et qui, sans doute trop bien adaptée à la situation, lui échappait : « … comme des chiffonnières » !

L'appartement convient et le bagagiste, suivi de deux de ses aides, transporte à bras les élégants bagages de Mademoiselle Gabrielle Desmodes, entièrement faits de peau blanche, avec son célèbre monogramme « G.D. » imprimé en minuscules lettres rouges, comme une sanglante morsure au cœur du cuir pâle.

Une panoplie peut-être plus chic que le monceau de malles, valises, cartons à chapeau en lézard noir, marqués de la petite figurine stylisée, célèbre symbole de la maison Lempyre.

D'avoir osé comparer et même juger, l'homme en tremble : il y aurait de quoi déclencher les hostilités !

C'est au moment de ce transport que la femme de chambre de Mme Lempyre surgit de la salle réservée au personnel, et, après les avoir croisés, s'immobilise en plein milieu du couloir, comme frappée par la foudre : la Desmodes est là !

Le bagagiste raidit la nuque sous un froid qu'il attribue à son regard.

– Surtout, allez vite et soyez discret ! lui a dit le directeur.

C'est raté.

Quand Mme Lempyre sort de ses appartements, à cette heure un peu vague qui précède le dîner, c'est en toute connaissance de cause, mais qui pourrait s'en douter ?

La grande couturière n'est pas « habillée », comme on pourrait le penser de quelqu'un qui va « au feu », mais, au contraire, dans un négligé de crêpe de Chine couleur chair qui met en valeur sa chaude carnation de blonde.

Ses magnifiques cheveux, à peine touchés par le temps, conservés longs en dépit de la mode, forment sur ses tempes des vagues successives et harmonieuses, chef-d'œuvre renouvelé de sa femme de chambre.

À son cou, les perles roses.

Une perle rose, teinte rare qui met si bien les femmes blondes en valeur, est un miracle de la nature, mais une aussi longue chute, cela touche au crime. En tous les cas, y incite. Et dans l'œil de certains jeunes hommes, leur tête reposant entre les beaux seins de Mme Lempyre, tout contre le collier, brille souvent la concupiscence !

Violette Lempyre en conclut qu'elle est… eh bien, désirable ! « Le tout, c'est d'émouvoir ! » se dit-elle, quelle qu'en soit la cause. Et on comprend qu'une femme aussi réaliste ait su, en quelques décennies, sans autre aide que sa force de travail et son sens de ce qui fait courir les femmes, se constituer, eh bien oui, un empire !

Mais les empires ne souffrent pas la concurrence.

À peine descendue de sa limousine bleu marine et blanche, Gabrielle Desmodes, au lieu de monter directement à sa chambre se rafraîchir, comme le lui suggèrent à la fois le directeur et Victor, son mécanicien, demande à prendre le thé.

Sait-elle qu'elle se trouve sous le même toit que Violette Lempyre ? Grâce à l'efficient service secret qui relie entre elles toutes les maisons de couture, ces deux dames sont parfaitement averties des habitudes l'une de l'autre : en juillet, infailliblement, la Lempyre est à Biarritz ! Ici même.

Introduite dans le petit salon qui, dès cinq heures de l'après-midi, offre sa débauche de petits fours, choux à la crème, muffins, toasts confiturés, arrosés pour la forme par ce breuvage insipide dénommé thé, Melle Desmodes laisse entendre qu'elle préfère s'installer au bar.

Avec un art de la mise en scène qui fait des défilés de la maison Desmodes les plus beaux de Paris, la couturière a repéré que la lumière du bar, tamisée, convient mieux à sa blancheur de brune un peu « tapée » – selon l'expression sans fard qui sert à désigner les femmes frisant la cinquantaine – que celle, plus crue, de la verrière du salon de thé.

De plus, quand « l'Autre », descendue de chez elle pour vérifier l'incroyable nouvelle, balaiera d'un regard vide et faussement détaché les tables du salon de thé, ne la voyant pas, rassurée, elle jettera quand même un coup d'œil du côté du bar. Ses yeux commenceront par ciller, tandis que ceux de Gabrielle, habitués à l'obscurité, ne perdront pas une miette de la fureur de sa rivale à soudain la découvrir douillettement installée au cœur de ce que la Lempyre considère comme *son* territoire : le Royal-Biarritz !

En fait, Melle Desmodes, bien que vengée, n'a pas pardonné l'impertinence, la grossièreté avec lesquelles Mme Lempyre s'est permis d'ouvrir une succursale dans « l'Avenue », celle où s'élève la maison Desmodes et que Gabrielle, depuis le temps, a pris l'habitude de considérer comme lui appartenant en propre !

Une boutique d'accessoires vendant chapeaux, sacs, gants, lingerie, chaussures, sous une gigantesque enseigne, lumineuse la nuit, qui proclame le nom de Lempyre à quelques centaines de mètres du superbe immeuble qui abrite la maison Desmodes !

Invraisemblable défi que la grande couturière a aussitôt relevé en se précipitant à son tour sur le territoire de sa rivale.

Toutefois, ça n'est pas une succursale que Gabrielle a implantée rue Royale, face à l'hôtel particulier de Lempyre, mais un magasin de gaines et corsets.

Racheter le fleuriste qui se trouvait là, avec son bail, lui a coûté une vraie fortune. Toutefois, quelle volupté, le matin où elle s'est offert d'assister, du fond d'une voiture de louage aux rideaux tirés, à la stupéfaction horrifiée de Violette !

Gabrielle Desmodes a joui de voir la Lempyre descendre avec précipitation de sa voiture pour brandir à bout de bras son manchon d'astrakhan gris en direction de la vitrine où de gros mannequins obscènes et sans tête exhibent d'inélégants corsets et soutiens-gorge en tous genres !

La Lempyre n'y a rien pu ! Pas même invoquer la concurrence déloyale, puisque le nom de Desmodes n'apparaît pas.

Tout en sirotant son breuvage – ce thé pâle lui donne une idée : dès son retour à Paris, elle demandera à Bianchini de lui créer des mousselines cuivrées qu'elle baptisera *Thé de Chine* : ça va faire un malheur ! –, Violette ressasse cette merveilleuse minute.

Et savoure d'avance ce qui ne va pas manquer de suivre.

Mais la Lempyre est beaucoup trop rusée pour tomber dans un traquenard aussi grossier et, au lieu d'aller à la rencontre de sa rivale, elle l'ignore.

Comme si Desmodes, et ses robes, et sa clientèle, et sa grande maison n'avaient jamais existé !

Ici, à Biarritz, Lempyre est chez elle, connue du dernier des garçons d'étage qu'elle appelle par son prénom, pliant à ses trente-six mille volontés un personnel généreusement arrosé, et elle entreprend de se conduire comme à son habitude, en souveraine absolue.

L'a-t-on remarqué ? Il suffit qu'une femme pleine d'assurance se comporte en public aussi naturellement que dans l'intimité pour qu'elle devienne aussitôt l'objet de l'attention générale.

Et même si certains chuchotent : « Vraiment, la Lempyre, quel toupet, pas besoin de demander d'où ça sort, une femme comme ça !... », lorsqu'elle pousse un cri en clamant très haut qu'elle s'est cassé un ongle, l'une de ses superbes griffes d'un rose nacré assorti à celui de ses perles, et qu'il lui faut incontinent Andrée, la manucure, pour réparer les dégâts, tout le monde tourne la tête de son côté.

Violette Lempyre maintient sa main en l'air, mimant la grande douleur, et elle demande au garçon d'hôtel, puisqu'elle est devenue infirme, de bien vouloir lui verser son thé. Qu'elle trouve trop infusé. Il faut lui en quérir d'autre, des gâteaux, et, comme la table est petite, on rajoute un guéridon, puis deux quand la manucure apparaît avec sa trousse de travail.

La Lempyre éprouve également la nécessité d'envoyer un message urgent et, pour ça, convoque auprès d'elle l'une des dactylos.

Ce qui fait que lorsque Gabrielle Desmodes, jugeant qu'elle a assez attendu au fond du bar où personne n'est finalement venu la débusquer, se décide à monter dans ses appartements, elle tombe sur une émeute, un happening !

À voix très haute, entourée de quatre à cinq personnes, la Lempyre, les épaulettes de son déshabillé pêche glissant doucement sur le célèbre décolleté où luisent les perles roses, se fait manucurer les ongles tout en dictant une longue lettre à celui qu'elle appelle son *very best friend*, son meilleur ami, un très célèbre écrivain new-yorkais.

« Mon chéri, my dearest Truman, c'est du fond d'un désert que je vous écris… De ma petite retraite d'été, ce bungalow, comme on dit chez vous, en bord de mer, où, en dehors des mouettes, il n'y a rien ni personne d'intéressant à voir… »

Juste à ce moment, la Desmodes traverse le salon de thé et même les assistants les moins malintentionnés ne peuvent s'empêcher de se livrer à des conjectures.

La Lempyre, l'a-t-elle fait exprès ? Elle vient juste de demander à Andrée de lui mettre un peu d'eau de bluet sur deux cotons et de les lui appliquer sur ses yeux que la lumière de cette fin juillet, prétend-elle, a lassés.

Elle ne voit donc rien, et n'entendant rien, puisqu'elle dicte, comment pourrait-elle se douter que sa rivale, l'autre grande dame de la couture, la Desmodes, passe à ce moment précis à quelques mètres d'elle, tout aussi vêtue – cape de voyage écossaise, feutre mou, gants, bottines, cabas grand sport – qu'elle-même est dévêtue ?

Le directeur, qui surgit pour voir si tout va bien, en a le souffle coupé !

Lempyre et Desmodes viennent de se croiser comme deux immenses transatlantiques éclairés de tous leurs feux nocturnes, proches à se serrer la main par-dessus le bastingage, et – Dieu soit loué ! – la collision n'a pas eu lieu.

Faut-il déjà se réjouir ?

Il y a deux façons de livrer bataille : en occupant en force le terrain, ce que vient de faire la Lempyre, ou, au contraire, en mettant l'ennemi sur les nerfs par son invisibilité. S'étant fait souffler la première tactique, Gabrielle Desmodes décide d'employer la seconde.

Pendant un, deux, trois jours, on ne la voit pas. Elle vit dans ses appartements, prend des bains de soleil sur son balcon et se fait servir ses repas dans sa chambre, comme si elle méprisait tous les hôtes du Royal-Biarritz, parmi lesquels, cependant, elle compte des clientes.

Dans un sens, cela arrange le directeur ; dans un autre, il ne peut s'empêcher de ressentir la situation comme explosive, et il n'en dort plus. C'est pourquoi il s'occupe lui-même de la réparation de la voiture, suppliant le garagiste de faire au plus vite !

Comme sa demande est accompagnée d'une forte prime, le lendemain soir le véhicule est là, flambant neuf.

Melle Desmodes déclare que c'est très bien, mais qu'elle est trop fatiguée pour rembarquer le soir même.

Le lendemain, elle dort, paraît-il, jusqu'à midi. À treize heures, elle convoque Edmond, son mécanicien, lequel sort de cette entrevue l'air soucieux.

Le directeur ne sait comment l'interroger, lorsque le chauffeur prend lui-même les devants :

– Pourriez-vous me dire, monsieur, où je peux trouver ici un concessionnaire Delage ?

– Pour quoi faire ? demande le directeur qui sait bien que la voiture de Mademoiselle Desmodes est une limousine dernier modèle.

– Mademoiselle ne veut plus prendre le risque de monter dans une voiture qui coule ses bielles… Elle désire que je lui procure une Delage, mais où ?

La marque n'est pas très répandue dans la région, enfin on trouve un garagiste qui en a deux. Seulement voilà : aucune des teintes ne plaît à Mademoiselle.

Une dame de la couture se doit d'avoir sa palette et ne peut en démordre sans se renier elle-même.

Une solution : Edmond va rentrer seul à Paris avec la limousine devenue suspecte et reviendra chercher Mademoiselle en Delage. Ou alors – pourquoi pas ? – dans une DeDion Bouton, marque prestigieuse dont l'un des modèles vient de remporter le concours d'élégance à Deauville (sa propriétaire était d'ailleurs habillée par Desmodes).

Une fois à Paris, Edmond lui téléphonera, et elle verra.

Ainsi est fait et le directeur du Royal-Biarritz n'a pas de mal à tirer ses conclusions : Melle Desmodes est là pour un moment.

– Tant qu'elle reste dans sa chambre…, soupire-t-il.

Mais cette phase préparatoire vient de se terminer.

C'est l'assaut.

D'élégance.

La montagne de bagages en peau blanche de l'une et son équivalent, en lézard noir, de l'autre ne sont pas là que pour la montre : les uns et les autres contiennent un amas de « choses » respectivement signées Desmodes et Lempyre.

On ne peut pénétrer dans les appartements de Violette Lempyre sans trouver sa femme de chambre à sa table de repassage. Même *furia* chez Gabrielle Desmodes qui, n'ayant pas la sienne avec elle, engage sur-le-champ la meilleure lingère biarrote.

Comme tous les arts, la couture possède ses grands amateurs : ce sont les femmes du monde dont on juge à tort que l'existence se passe à ne rien faire. Elles pratiquent en réalité une activité incessante qui consiste à s'initier, parfois dès leur plus tendre enfance, aux arcanes de la couture, puis à se tenir au courant des toutes dernières tendances, pour devenir, avec le temps, de redoutables expertes.

Ainsi la vicomtesse de Chalandes, une femme d'une quarantaine d'années, qui passe tous ses après-midi sur une chaise longue, et, le soir, semble s'assoupir dans le salon de musique, peut juger d'entre ses yeux mi-clos et avec une rapidité de serpent à sonnette toute tenue, toilette, chiffon qui passe à sa portée.

Verdict implacable qu'elle communique parfois à sa meilleure amie, Mrs Davidson, et, comme ces deux dames sont au faîte de leurs capacités critiques, leurs commentaires n'ont pas besoin d'être longs : un mot leur suffit pour approuver, mépriser, ridiculiser, en somme lapider ou mettre à la mode.

Terreur, l'une et l'autre, des vendeuses et des grands couturiers lorsqu'elles trônent d'un air las aux défilés parisiens.

« Qu'a dit Mme de Chalandes ? demande le couturier, qui tremble en coulisses, à l'une de ses vendeuses :

– Rien, monsieur, mais elle n'a pas fumé.

– Ah, tant mieux, c'est bon signe… », soupire le pauvre créateur aux yeux cernés par l'épuisement.

Toutefois, ces toutes-puissantes arbitres de la mode sont coiffées au poteau par Lady Merrington. Cette Anglaise d'une immense fortune possède de surcroît une silhouette de rêve. À dire vrai, de rêve de couturier : hanches plates, pas de poitrine, jambes interminables finement musclées, dos parfaitement droit, jolie tête au nez minuscule sur un cou bien dégagé. À dix-huit ans, Iris Merrington aurait pu passer pour un adolescent. À quarante-cinq, elle est la reine incontestée de toutes les élégances et, comme tous les ans, villégiature à Biarritz à l'époque des courses.

Ce soir-là, Gabrielle Desmodes, quittant pour la première fois sa chambre, descend dîner dans une robe à première vue d'une grande simplicité. Mais ce camaïeu de satin bleu-mauve, aucune connaisseuse ne s'y trompe, est en réalité un chef-d'œuvre de la plus haute couture, et il y a comme un murmure. Aussi mince et plate de poitrine que la Lempyre est plantureuse, le cheveu acajou plaqué sur la nuque pour accompagner et mieux mettre en valeur ce modèle unique, Gabrielle ne porte aucun bijou, sauf, aux oreilles, deux gros saphirs dont le ton rappelle en plus soutenu celui de la robe.

Violette Lempyre, qui est déjà à sa table dans une tunique de crêpe rubis rebrodé d'or, se sent « enfoncée ».

Pour quelle raison une toilette fait-elle brusquement plus d'effet qu'une autre ?

C'est ce qui rend la mode un exercice si difficile et particulièrement ingrat : un femme réussit à faire converger sur elle tous les regards dans un strict fourreau noir et, le lendemain, quand plusieurs fourreaux noirs font à leur tour leur apparition – car rien n'est plus contagieux qu'un succès d'apparence –, voilà la même femme qui bat à nouveau toutes les autres dans une époustouflante robe jaune entièrement brodée, enrichie de plumes de marabout, et plus voyante et chargée qu'une toilette de Shéhérazade !

Suffit-il alors d'être la « première » à porter telle ou telle nouveauté ? Ou, utilisant l'œil d'un espion, s'agit-il de se renseigner sur ce que mettront les autres pour faire « le contraire » et frapper par le contraste de l'inattendu ?

D'où l'incertitude des femmes parvenues au sommet de l'élégance : leur suprématie est à chaque sortie remise en jeu ! D'où, aussi, l'effroi des couturiers qui les habillent et qui, à chaque grand raout, risquent à travers elles leur réputation.

Aucune recette n'est garantie !

Mais bien se connaître et choisir en connaissance de cause son couturier atténue les risques.

Lempyre est célèbre pour ses coupes savantes, ses garnitures exigeant des heures et des heures de travail d'un atelier spécial, l'« atelier des chichis ». Là, du matin au soir, des ouvrières entraînées confectionnent à la main franges, velours épilé, roses en tissu, smocks, nervures, nids-d'abeilles, fronces et autres merveilles artisanales grâce auxquelles un modèle devient œuvre d'art.

Chez Desmodes, on se refuse au contraire à « garnir », mais on n'hésite pas à simplifier le vêtement jusqu'à ne plus en conserver que la structure.

Desmodes, dit-on, fait plus jeune, plus moderne, plus sport, au besoin, plus chic, en tout cas plus parisien… À l'image de la créatrice elle-même dont la silhouette allurée, geste sec et impertinent sous ses très personnels bibis, est devenue le symbole de sa maison.

D'un autre côté, Violette Lempyre exerce à plein l'art si complexe de la couture et l'a porté à un extrême de raffinement et d'exigence qu'on ne connaissait pas avant elle.

Lempyre, c'est l'élégance suprême !

Mme Lempyre en est la démonstration personnifiée : cette femme sans âge, pour le moins charnue, pas très grande, sans taille, ne ressemblant en rien à un mannequin ni à l'idée que l'on se fait de la Parisienne, impressionne par un air de majesté, d'autorité tranquille, une harmonie si subtile entre ce qu'elle est et ce qu'elle porte, qu'après s'en être enchanté et alors qu'elle a disparu, on ne saurait dire comment elle était vêtue.

Un mot, un seul vient spontanément aux lèvres : quelle élégance !

L'imiter ? Impossible.

Rivaliser ? Il n'y a que la Desmodes pour en avoir l'audace.

D'heure en heure – car ces dames changent trois fois, parfois quatre, de tenue dans la même journée, le style Lempyre et le style Desmodes se livrent, en la personne de leurs créatrices et sous les yeux ahuris des femmes présentes, une guerre sans merci.

Et si les boulets tirés à chaque bataille sont en chiffons, reste que chaque coup porte et fait mal !

C'est que le combat pour l'apparence engage plus qu'un autre la personnalité tout entière !

N'a-t-on pas vu des femmes défaillir, pleurer, se rendre malades au point de garder le lit pour une toilette mal adaptée, une couture de travers, une teinte qui, aux lumières, brusquement fait « sale » ?

C'est dire l'importance d'une compétition dont l'enjeu, souvent, échappe aux hommes. À une femme qui se plaint de n'avoir « rien à se mettre », ils osent rétorquer : « Que me dis-tu là, ton armoire est archipleine ! Et, de toute façon, quoi que tu portes, pour moi tu es la plus belle ! »

Il ne s'agit pas d'être la plus belle, ni même la mieux aimée, mais d'être la plus élégante – et comme l'élégance ne se pèse pas sur des balances, mais se « sent », non pas devant son miroir, ce serait trop simple, mais au moment où il est trop tard, lorsqu'on s'avance sous le feu des regards devenus comme autant de projecteurs, chaque sortie tient de l'exploit.

Ce qui distingue une femme qui pratique l'élégance, c'est qu'elle en connaît les risques – contrairement aux bêtasses auxquelles on entend dire : « Moi, je me fiche bien de ce que je porte, les gens n'ont qu'à me prendre comme je suis ! » – et elle est à chaque fois saisie par le trac.

Par la peur horrible de s'être trompée, de décevoir, de ne pas être à la hauteur de sa réputation et de l'occasion, et d'avoir à se retirer sous les sifflets.

Car une robe se « joue » comme un rôle.

Et ici, à Biarritz, Gabrielle Desmodes et Violette Lempyre, en présentant elles-mêmes leurs propres créations sans le truchement de mannequins – ce qui permet, en cas d'échec, de s'en décharger en partie sur quelqu'un d'autre –, ont l'une et l'autre le sentiment de jouer leur peau.

Pire : leur prestige !

À voir la Desmodes exhiber toutes les ressources d'une création si abondamment renouvelée, on peut la soupçonner de se créer elle-même des modèles la nuit pour les faire exécuter à toute vitesse par la pauvre Justine dont on remarque les yeux cernés.

Pour Violette Lempyre, ses adorables ensembles en maille et à rayures, ses tenues de soirée en mousseline brodée ou entièrement strassée, ne peuvent sortir que de ses ateliers, et on la suspecte de s'en être fait livrer secrètement de Paris une pleine malle.

Quoi qu'il en soit, aux heures des repas, la salle à manger elle aussi est bourrée, ainsi que le salon de thé sur le coup de cinq heures, et, à l'heure de la soirée dansante, c'est à peine si le grand salon peut contenir le monde.

Aucune excursion, aucune attraction, aucun feu d'artifice, même, ne valent la bataille vestimentaire à laquelle se livrent, sans un mot, sans un regard l'une pour l'autre, les deux reines de l'élégance parisienne ! Quant au courses, où l'on ne va déjà que pour voir les toilettes, c'est à chaque fois l'émeute : plus aucun yearling ne fait le poids.

Le directeur, soulagé de voir que ces dames n'en viennent ni aux mains ni aux mots, se demande quand même comment tout cela va bien pouvoir finir.

En couture, on peut sans arrêt « faire mieux », et la luxueuse escalade risque de ne pas avoir de fin !

Et qui peut être juge, qui va dire, de la Lempyre ou de la Desmodes, laquelle a gagné et laquelle, jetant son gant de chamois sur le grand tapis qui couvre le hall du Royal-Biarritz, n'a plus qu'à s'en aller en abandonnant le terrain ?

Aucune n'y est d'ailleurs disposée, car le combat pour la première place, dont les échotiers commencent à rendre compte, est en train de tourner au combat commercial : chacune y risque sa maison !

Laquelle a la première l'idée du dernier round ?

Ou l'ont-elles eue toutes deux en même temps ?

Si ces dames sont arrivées au sommet de leur profession, c'est qu'elles ne sont ni l'une ni l'autre à court d'inventions et qu'elles possèdent de surcroît ce génie si rare, si envié, de savoir renouveler l'appétit pour la chose du monde dont on se lasse le plus vite : la mode.

En quatre ou cinq jours, en effet, il y a déjà comme un début de saturation, et le dernier soir, quand Gabrielle Desmodes se présente dans une robe entièrement composée de franges superposées dont les tons se dégradent du vert au bleu, tandis que sa rivale apparaît, quelques instants plus tard, vêtue d'un candide deux-pièces de broderie anglaise noué à la taille par un lien de velours noir, elles semblent soulever moins d'enthousiasme que d'habitude.

Les conversations – c'est infime – reprennent plus vite et on voit moins longtemps aux femmes présentes cet air absent qui signifie qu'elles sont mentalement en train de noter tous les détails d'une toilette pour courir dès le lendemain chez leur couturier se faire confectionner la même. Ou quelque chose qui fera le même effet.

Car c'est d'« effet » qu'il s'agit en couture, et, à l'évidence, rien ne fatigue plus vite le regard qu'un effet-mode.

Deux jours plus tard, comme tous les ans à cette époque, il y a bal masqué au Royal-Biarritz et la curiosité se réveille. En quoi deux si grandes dames de la couture vont-elles bien pouvoir se « déguiser » ?

– En catherinettes, dit une méchante langue.

– C'est qu'elles n'ont plus vingt-cinq ans ! réplique une autre.

Et puis, qu'est-ce qu'un costume de catherinette, sinon une fantaisie de papier et carton qui, même si elle se révèle être un chef-d'œuvre de façon, ne relève en rien de l'élégance ?

Le bal masqué bat son plein et personne, jusque-là, n'a encore repéré, parmi les inévitables pierrots, diables, arlequins, laitières, danseuses, archevêques, marquises, qui peut bien être Violette Lempyre ou sous quel costume se dissimule Gabrielle Desmodes, quand un masque attire tous les regards.

Il s'agit sans hésitation possible de la « caricature » du style, si reconnaissable, de la maison Lempyre : une sorte d'oripeau composé de tout ce qui fait la « marque » de la célèbre maison de couture. Chose d'une couleur indéfinissable, composée de morceaux mal assemblés, taillés dans un faux biais pendouillard, surchargée de petites roses molles s'inclinant en guirlande vers le sol, auxquelles se superposent des franges jusqu'aux épaules – enfin bref, un épouvantail !

Toutefois, il n'y a pas à s'y méprendre : un « épouvantail » signé Lempyre, et, pour comble, porté par quelqu'un d'archimaigre !

Saisies, les femmes en sont encore à pousser un « oh » d'ébahissement et d'horreur sous leurs masques, quand une seconde caricature fait son apparition.

Le visage caché, comme il se doit, la personne qui descend les marches du grand escalier porte sur elle tous les « stigmates » de la mode Desmodes. À ceci près qu'elle est… eh bien, du genre enveloppé !

Une opulence qui convient mal aux rayures de toutes largeurs, disposées en tous sens, diagonal et vertical y compris, jupette de jersey enserrant le corps de trop près, bas blancs tire-bouchonnés, chapeau planté de traviole sur la tête, boa de marabout, petits trémoussements pour faire « jeune » et même puéril…

C'est du Desmodes et c'est atrocement ridicule !

À l'ébahissement succèdent le silence et même l'horreur, tant c'est réussi.

En fait de bal masqué, on est au bal du trop-vrai !

Personne, pas même Mmes de Chalandes et Davidson, n'ose dire mot et, comme il est minuit tapant, l'orchestre lui-même s'arrête, car c'est l'heure où chacun doit ôter son masque, ce qui crée une diversion.

Mais quand on regarde autour de soi pour voir qui peut bien se cacher sous les deux « épouvantails », l'un comme l'autre ont disparu.

Tout ce qu'on constate, c'est que la Desmodes fait ses malles, le lendemain matin, et regagne aussitôt Paris dans la Voisin décapotable avec laquelle Edmond est finalement revenu, après que le mécanicien a enregistré à la gare un nombre de bagages bien plus considérable qu'à son arrivée.

Mme Lempyre, qu'on ne voit pas de la journée, attrape quant à elle le train de nuit.

Personne à Paris, en dehors des femmes présentes au bal masqué, ne comprend pourquoi, la saison suivante, les collections Lempyre et Desmodes marquent le pas et s'imposent un rien moins que d'habitude.

– Vous ne trouvez pas que Lempyre, c'est un peu… oh, je ne dirais pas démodé, mais peut-être trop chargé ? Garnir, toujours garnir, on finit par avoir l'air d'une vitrine ! susurre une femme à la mode après avoir assisté aux dernières collections.

– J'allais vous dire la même chose, entonne sa plus chère amie, c'est-à-dire sa plus féroce rivale. Je ne vois vraiment pas pourquoi je me *travestirais* (mot terrible !) en réclame Lempyre. Au fond, je n'aime pas qu'on devine à trente mètres qui est mon couturier. Cela manque de charme…

Desmodes aussi est décrétée sans mystère par ces redoutables personnes, et comme toutes deux mènent le train – en l'absence de Chalandes et Davidson, en croisière en Égypte –, on les imite.

Seul Iris Merrington, qui n'en fait qu'à sa tête, s'affiche dans une robe lempyrissime, vert pomme, coupée droit fil et recouverte de roses de toutes tailles, du décolleté à l'ourlet. Cela lui donne l'air exquis de certaines gravures britanniques représentant le printemps sous la forme d'une blonde languide aux cheveux dénoués… La belle Anglaise apparaît aussi, un matin au Bois, dans un petit deux-pièces Desmodes bleu foncé à boutons dorés, un amour de costume imité d'un uniforme de la marine, et les autres promeneuses se sentent vieillies d'un coup !

En somme, comme à son habitude, Lady Merrington a encore trouvé le moyen d'enchanter les hommes et de déplaire aux femmes en portant ce qui, cette saison-là, est considéré comme importable !

Mais la loi de la Mode, c'est que tout s'oublie, sinon la machine s'arrêterait, et, la saison d'après, personne ne pense plus ni à l'effroyable bal masqué de Biarritz, ni à boycotter Lempyre et Desmodes. Sauf le directeur du Royal-Biarritz qui ne revoit jamais plus sa prestigieuse cliente, Mme Lempyre. Pas plus d'ailleurs que Melle Desmodes.

Somme toute, en délogeant Violette Lempyre de Biarritz, Gabrielle Desmodes a-t-elle gagné sur sa rivale ?

Comme les créateurs font tout tourner à leur profit, même les échecs, la Lempyre reprend l'avantage en lançant la mode de l'hiver à Megève et de l'été cannois.

Sur quoi la Desmodes invente août à Paris à l'usage du gratin.

La compétition reste le sauvage moteur de l'élégance.

Une robe brodée de mensonges

Le besoin la prend comme une envie de… Tout à coup, le jour même, il devient impératif qu'Antoinette se rende chez son coiffeur ! Parfois, comme il est «overbooké », Luco ne lui propose qu'un brushing. Antoinette accepte sans discuter, se soumettant à ses horaires, que ce soit au moment du déjeuner, entre quinze heures quinze et seize heures dix, ou le soir tard, juste avant la fermeture du salon. Tout lui va dès lors qu'elle peut se rendre ce jour-là chez *Luco-Hair* et y abandonner sa tête.

C'est de cela qu'il s'agit : qu'on lui touche, masse, tripote, triture le cuir chevelu et ce qui y pousse… Une assistante, toujours la même, Vériane, une petite boulotte plaisamment silencieuse, la prépare pour le grand office : d'abord shampooing, puis masque à l'argile ou aux plantes, bain d'ozone. « Ils sont un peu secs, aujourd'hui ! » Enfin, le cheveu humide, le cou et les épaules à l'abri sous une serviette fuchsia, la couleur de la maison, Antoinette se retrouve installée dans un fauteuil, face à la glace murale, à attendre le bon vouloir, en fait la disponibilité du « maître ».

Lequel, jusque-là, s'est contenté de la saluer de loin et du bout des lèvres, ne détachant qu'un dixième de seconde son regard de la cliente en train.

Y songerait-elle qu'Antoinette saurait que cette attente de la venue du maître – en fait, de l'homme – est sans doute l'instant le plus excitant de sa séance capillaire. Comme dans l'amour où, suivant l'adage bien connu, le meilleur moment, pour le mâle, se vit dans l'escalier, pendant qu'il suit la femme, généralement une prostituée, qui va s'occuper de lui procurer l'extase. Rétribuée.

Ici aussi, Antoinette paie cher pour avoir les mains, le regard – surtout le regard – de Luco sur elle. Quand il déclare en s'approchant enfin du fauteuil où elle se tient : « C'est à nous ! », elle est convaincue qu'il la choisit, la préfère à toutes celles qui sont présentes dans le salon, et que, peut-être, avec un peu de chance, si elle fait ce qu'il faut pour le retenir, il restera avec elle indéfiniment. N'en prendra plus aucune autre : elle sera sa toute dernière cliente, sa dernière femme, et le rideau tombera sur leur duo – c'en est un – comme dans la si nostalgique chanson d'Eddy Mitchell, *La Dernière Séance*…

– Alors, qu'allons-nous faire aujourd'hui ?

Le « nous », déjà, est un enchantement : à eux deux, ils ne forment plus qu'un seul être. Ses cheveux n'étant qu'un prétexte à leur rendez-vous – heureusement qu'elle en a et qu'ils sont abondants – elle les lui offre comme une captive fait don de sa chevelure au ravisseur dont elle est tombée amoureuse.

– Faites-moi ce que vous voulez, Luco !

On ne saurait se livrer plus totalement, corps et âme.

– C'est pour quelle occasion ? Vous sortez ce soir ?

Il arrive à Antoinette d'inventer : « Oui, j'ai un grand dîner… » Ou alors : « Je vais au restaurant… » Jamais elle ne dira « nous allons », de crainte que Luco ne s'insurge, fût-ce secrètement, à l'idée qu'elle sort avec un compagnon, un chevalier servant, un amoureux, et que son effort créateur va servir à donner du plaisir à un autre.

Non, s'ils sont ensemble, lui et elle, c'est pour élaborer une œuvre capillaire – provisoire, et c'est tant mieux – qui n'a qu'un objectif : leur plaire autant à l'un qu'à l'autre, et pourvu que ça ne se fasse pas trop vite !

C'est pourquoi, pour ralentir, faire durer le plaisir, il lui arrive de réclamer quelque soin supplémentaire : une coupe, un chignon… Et aussi, quand tout semble achevé et que Luco lui administre le dernier coup de peigne avant de fixer l'objet fini à la laque, il arrive qu'Antoinette pousse le vice jusqu'à gémir : « Finalement, je crois que ça ne me va pas... mais pas du tout ! Regardez bien, Luco, cette coiffure n'est pas mon genre... Elle fait ressortir mon nez et, sous cette frange, on ne voit pas mes yeux... C'est quand même ce que j'ai de mieux, je me trompe ? »

Avec Luco, elle n'hésite pas à se détailler morceau par morceau comme si elle était une pièce de charcuterie à l'étal, et la merveille c'est que Luco emboîte le pas.

Sans renchérir sur son autocritique, avec diplomatie, délicatesse.

C'est ce qu'Antoinette apprécie chez lui, la faculté qu'a son coiffeur de la contredire sans l'offenser : « Mais il est parfait, votre nez et qu'il soit autant en vue vous donne du caractère... Pour faire mieux ressortir les yeux, je vous conseille un maquillage gris qui accentuera la couleur de vos iris (lesquels, en fait, tirent sur le jaune...), en relevant par une pointe de mauve... Cela dit, si vous le désirez, on recommence tout !

– Et si je retournais au lavage et qu'on me fasse quelques mèches plus claires, pour obtenir un effet tigré, vous voyez ce que je veux dire ?

– Tout à fait ! Vériane venez, vous allez me reprendre Antoinette… »

Et Vériane, sans un mot, sans un geste d'impatience, lui « reprend » Antoinette pour la lui rendre recolorée quelques quarts d'heure plus tard, et Luco, se plaquant contre son dos, se remet au travail : « Très bien, les zébrures… Je crois qu'on va vers la perfection. Deux ou trois bigoudis, peut-être, pour gonfler le dessus… ? Nous avons encore un peu de temps ? »

Oui, « nous » avons encore du temps, beaucoup, même, tout le temps du monde ! En fait, celui que Luco voudra bien lui accorder et, pour l'y inciter, Antoinette s'efforce de doser avec adresse exigences et compliments.

Quand elle sort d'entre ses mains, qu'il les retire de sur sa tête, alors que Vériane s'active à balayer du sol les mèches coupées avant de lui passer son manteau, Luco, un sourire d'approbation aux lèvres, après avoir encaissé son chèque ou son billet de cinq cents et plus, lui jette un sec coup d'œil de « professionnel ». C'est son travail qu'il jauge et estime, pas elle.

Ça n'est que sur le seuil de la boutique, lorsqu'Antoinette se retourne vers lui pour l'embrasser – depuis quelque temps, ils s'embrassent –, qu'il lui jette, elle en est sûre, un vrai regard d'homme.

Contemplant une femme. Qui se permet même de la désirer. Et n'y manque pas.

Rentrée chez elle, Antoinette se précipite devant son miroir non pour s'admirer, mais pour tenter d'évaluer ce que Luco a pu voir d'elle... Comme elle s'y emploie en ce moment : par glace interposée, celle du salon dans laquelle leurs yeux, parfois, se croisent.

Sans que ceux de Luco s'attardent. Ou plutôt, il semble à Antoinette que le regard de l'homme, à ce moment-là, est aussi lointain, distancié que celui d'un peintre se posant sur le corps nu du modèle qu'il s'applique à reproduire sur sa toile.

Ce sont des formes qu'enregistre Luco, des vagues, du plat, du bouclé, du court, du long, du coloré – mais il ne voit pas la femme.

Toutefois, Antoinette sent l'estomac du coiffeur ainsi que son ventre collés contre son dos, voire contre sa nuque – surtout lorsque l'artisan se penche en avant ou fait mine d'avoir à le faire pour s'emparer d'une paire de ciseaux dans le tiroir de la tablette, de la bombe laquante, du séchoir...

Son corps d'homme est bon et chaud, caressant en quelque sorte, de même que ses mains qui s'activent sur sa tête.

Vériane, parfois, lui fait mal, lui tire les cheveux, la brûle ou la glace avec le jet d'eau du bac à shampooing. S'en excuse à peine… S'en fout, au fond, et même le fait un peu exprès… Les petits soins, les attentions, ce n'est pas son rayon.

Alors que Luco, dès qu'il s'approche d'elle, avant même d'avoir posé, pour commencer, ses paumes largement ouvertes, comme bénisseuses, sur le dôme de sa tête offerte, lui dispense du bonheur. Oui, il n'y a pas d'autre mot : c'est une coulée de tendresse qu'il lui concède, des ondes bienfaisantes, chaleureuses, et il est inimaginable pour Antoinette qu'un tel rapprochement puisse se produire avec quelque autre… Une concurrente, une rivale, en fait !

D'ailleurs, elle surveille du coin de l'œil ce qui se pase entre Luco et les autres et elle voit bien que c'est avec une fausse application, presque mimée, que le coiffeur met en forme, en plis, la chevelure sans intérêt (de son point de vue à elle) d'unc cliente ou de telle autre qui sollicite en vain son attention. Le coiffeur a une façon de leur dire : « Vous êtes parfaite ! », en leur retirant du cou la serviette fuschia comme on ôte son harnais et sa selle à un cheval tout en le poussant vers l'écurie (la sortie…), qui la fait rire en douce. Qu'il n'ait aucune attirance pour ces moches nanas en veine de coquetterie, c'est d'une visible évidence !

Avec les top-models – *Luco-Hair* en compte quelques-unes parmi sa clientèle –, c'est plus ambigu. Toutefois, ces beautés sont du bois sans vie dont on fait les idoles, et Antoinette perçoit que si le coiffeur met autant de soin à les traiter, on ne saurait dire à les satisfaire, c'est pour son prestige à lui. Elles vont retourner sur les podiums, comme des putes sur leur trottoir, et le couturier ou le photographe, s'il est content, leur demandera le nom de leur enjoliveur ! C'est ainsi qu'on se fait une réputation de bon faiseur, par le bouche à oreille…

Il y a aussi les minettes, celles qui arrivent, leurs cheveux jusqu'à la taille, et repartent de là avec une sorte de hérisson sur la tête, transformées en garçonnets par un Luco déterminé, autoritaire, ayant tout pouvoir sur leur incertitude…

« Vous serez flashantes, vous verrez, et puis il faut essayer la coupe boule au moins une fois dans sa vie, surtout quand on a un joli crâne comme le vôtre… Si ça ne plaît pas, ne vous en faites pas, à votre âge ce sera repoussé dans un mois. (Tu parles !)… Mais vous allez voir, d'ici trois semaines, vous reviendrez pour que je recommence, et même vous rase…

– Oh non, ça, jamais ! » s'écrient les petites, chatouillées, déjà convaincues, prêtes à tout.

Un homme leur affirme qu'elles sont craquantes et que leur crâne est un véritable bijou ! Qu'il fasse d'elles ce qu'il désire…

Il le pourrait, tant il les subjugue, prêtes à l'attendre à la sortie, impudentes comme les gamines d'aujourd'hui, effrontées, dépourvues qu'elles sont du moindre atome de pudeur – en fait, ne s'aimant pas et comptant sur quelqu'un d'autre pour les y pousser ! Mais Antoinette se rend bien compte que Luco n'attache aucune importance à ses succès auprès de fillettes en mal d'éducateur ! Il n'a rien d'un consommateur de bébés-filles, il s'entraîne sur elles, c'est tout, essayant ses ciseaux, ses nouvelles idées de coupe ou de couleur comme si elles étaient des cobayes, des caniches à friser ou défriser – puis bon vent ! Vériane reconduit rapidement vers la sortie la fille ainsi utilisée à son insu.

C'est clair : ce qu'il faut à cet homme de qualité, ce qui seul peut le troubler, c'est une femme faite, une vraie femme. Une personne qui connaît suffisamment la vie pour s'intéresser à la sienne, qui aura l'intelligence – et le cœur – de ne pas le considérer uniquement comme un fournisseur, un embellisseur rétribué.

Cette femme, c'est elle, forcément. Qui d'autre ?

Ce jour-là, la séance est encore plus longue que d'habitude. Antoinette n'a rien à faire, ni de son après-midi ni de sa soirée, et elle demande à Luco de lui improviser une coiffure compliquée avec des nattes, de faux cheveux. Il s'agit, lui dit-elle, d'une grande soirée, une remise de lauriers, où l'élégance doit primer. Et il y aura la télévision.

– Quelle robe comptez-vous porter ?

– En fait…

Elle n'avait pas prévu la question et la voici improvisant dans la minute, accumulant les détails pour tenter d'émouvoir Luco par la description de ce qui n'est qu'un fantasme :

– J'hésite entre un fourreau noir, en satin luisant, tendu sur les hanches, très décolleté dans le dos, bras nus… ou…

– Ou ?

Il est hameçonné, c'est sûr.

– Une robe princesse, vous savez, manches bouffantes et ultraserrée à la taille ! Je mettrai un corset, j'en ai un, qui fait jaillir les seins, avec une jupe presque transparente rebrodée d'un semis de petits strass…

– De quelle couleur ?

– Jaune dégradé jusqu'au blanc…

« Ravissant, se dit Antoinette, j'aurais dû me lancer dans la mode, j'ai plein d'idées de toilettes ! »

Et elle devine que Luco, bien qu'arborant l'air froid d'un professionnel qui se concentre, est en fait de plus en plus alléché :

– Et le décolleté ?

– Plongeant jusqu'à l'estomac, au nombril même, comme on fait aujourd'hui, d'ailleurs j'ai un piercing… Qu'en pensez-vous, je mets laquelle ?

– La robe princesse, je vous vois mieux dans une tenue ouverte sur le devant, avec la poitrine que vous avez…

Accroché, le bonhomme ! Mais elle peut mieux faire…

– Et mon dos ? Il n'est pas mal non plus : je vous montre…

Sous prétexte qu'elle craignait de se retrouver tachée par la coloration, Antoinette avait demandé à ôter son chemisier : elle a le buste nu sous la blouse fuchsia…

Et la voici qui s'apprête à dénouer le petit lien qui la tient fermée au cou, dans l'intention manifeste d'exhiber son anatomie – le dos, ça n'a rien d'impudique, non ? – quand Luco prévient son geste :

– Je suis sûr que la robe jaune est le meilleur choix !

Tant pis pour le strip-tease, ce sera pour une autre fois, en d'autres circonstances – tout à fait privées… Là, elle va laisser l'artiste travailler à la confection d'une coiffure unique pour personne unique dans une robe qui, ma foi, n'existe pas… Ou plutôt qui n'est que pour eux – un rêve qu'ils font à deux. Elle et Luco, son amour de coiffeur…

Pour son retour chez elle, le salon lui a prêté une sorte de mousseline fuschia pâle destinée à protéger la pièce montée – c'en est une – du vent, de la pollution, d'une goutte de pluie éventuelle, des regards aussi… « Vous nous la rendrez la prochaine fois ! » a dit Vériane en tirant le léger voile de son tiroir personnel. Celui où elle range son attirail : gants de caoutchouc, peignes, brosses, pinces à cheveux…

Il semble à Antoinette – une impression fugitive – que le coup d'œil que lui a lancé Vériane dans la glace, en installant la mousseline qu'elle fixe avec trois épingles, est rien moins qu'amical. Il est vrai qu'il est tard et que la shampouineuse doit lui en vouloir de l'avoir retenue pour cause d'élaboration d'une coiffure exceptionnelle. Pour occasion exceptionnelle. En fait – Antoinette en rit toute seule sur le trottoir où elle fait signe à un taxi en maraude – pour son seul plaisir…

Mais Luco aurait-il pressenti que cette histoire de grande soirée n'est qu'un conte – où seul est vrai que Cendrillon attend son prince ? « J'aimerais bien vous contempler dans votre robe brodée (de mensonges ?). En tout cas, faites attention à votre coiffure en l'enfilant... », a-t-il murmuré, et il a semblé à Antoinette qu'il avait un sourire entendu, teinté d'ironie, aux lèvres.

Soudain Antoinette s'en veut : elle a manqué de réflexe, elle aurait dû lui lancer : « Eh bien, venez m'aider à m'habiller, je vous attends ! Comme ça, vous pourrez me donner un dernier coup de peigne... »

Il serait arrivé, il l'aurait trouvée en déshabillé, ce qui ne l'aurait pas étonné puisqu'elle était censée l'attendre pour passer sa robe, mais, une fois dans sa chambre, en fait de robe... Eh bien, elle se serait contentée d'ôter le déshabillé sous lequel elle serait nue. Et, comme il lui reste une bouteille de champagne au frais...

Oui, c'était le jour ou jamais, en fait le soir, le grand soir, et elle l'a raté. Qu'elle est bête ! Mais elle peut rattraper ça : dès son arrivée chez elle, elle va l'appeler, il est peut-être encore au salon, il ne lui refusera pas ce qu'elle va présenter comme un service d'après-vente, se dit-elle en payant le taxi et en galopant dans l'escalier vers son troisième sans ascenseur.

Alléluia, chœur des anges, hymne de grâces : Luco était encore au salon, quoique sur le seuil de la porte, lui a-t-il dit, et il a accepté de venir l'aider à s'habiller ! Son ton était enjoué – prometteur ? « Cela tombe bien, j'ai un peu de temps, ce soir ; j'aimerais me rendre compte de l'effet que va faire notre coiffure… »

Et Antoinette de se dévêtir entièrement pour juger devant son miroir de l'effet de contraste entre cette coiffure, plus extravagante qu'une perruque des anciennes cours, et son corps nu. Blanc, un peu potelé, ombré aux bons endroits.

Affriolant ?

Détonant ?

Ravageur ?

Fatal ?

À Luco de le lui dire. Et même de le lui prouver, puisqu'il arrive : elle vient de lui ouvrir la porte d'entrée par l'interphone. À la réflexion, Antoinette laisse entrebâillée celle de son appartement ; ainsi, nul besoin de sonner, il n'aura qu'à pousser…

Elle, Antoinette, va demeurer immobile, nue comme une statue au beau milieu de son living dont elle a allumé toutes les lampes. Aucun bijou, rien que sa belle, sa prodigieuse coiffure. Si, aux pieds une vieille paire de petites mules de satin rose avec pompon en duvet, qui n'ont qu'à peine servi, vu le peu qu'elle reçoit d'habitude… Mais elle a, dans la tête, l'image d'une *play-girl* couchée sur un divan, une jambe levée, retenant par les orteils ce rien de chaussure, un point rose, comme dit le poète, sur le « i » du verbe aimer…

Le matin suivant, Antoinette n'hésite pas une seconde !

Dès l'ouverture de la boutique, elle exige du coupe-tifs du coin qu'il lui rase entièrement la tête.

– Mais vous avez de fausses tresses dans votre coiffure, des nœuds, des mèches postiches, il faut que je les retire !

– Rasez d'abord, et jetez le tout à la poubelle !

– C'est dommage, ça vaut cher, ces cheveux artificiels…

– Faites ce que je vous demande, ou je vais voir ailleurs !

Plus de cheveux, donc plus de fantasmes !

Et, jusqu'à nouvel ordre, plus d'Antoinette ! La légende de Samson à qui Dalila ôte sa force virile en lui coupant sa tignasse vient une fois de plus de se réaliser, mais en sens inverse.

Pourquoi tant de férocité ?

Tâchez d'imaginer la scène !

Antoinette, son petit corps gentil mais sans vraie grâce, planté sur ses mules défraîchies au centre d'un salon meublé par une grande surface. Les genoux légèrement en dedans, les seins tristounets, le visage trop maquillé – la ligne du fond de teint s'arrête juste sous le cou – et la tête surmontée d'un édifice de cheveux tordus, empilés, laqués, tels la pièce montée surmontant un gâteau de mariage ou de première communion ; un généreux échafaudage qui pourrait être intéressant dans l'œuvre d'un sculpteur, toutefois on ne peut plus déplacé sur sa porteuse : une monumentale erreur, en somme…

Reste qu'elle est drôle !

Tellement drôle que Vériane éclate de rire, au point de se laisser tomber sur le fauteuil le plus proche…

Car c'est elle, suivie de Luco, qui pénètre le première chez Antoinette.

– Excusez-moi, finit par sortir Vériane entre deux hoquets, mais je m'attendais si peu… Enfin, une fois que vous serez habillée, ce sera différent… Où sont vos robes, qu'on voie mieux ?

Mais de robes, point ! Ce que Luco, plus au courant de la psychologie féminine – c'est son fonds de commerce, en sus du maniement des ciseaux –, a tout de suite compris.

Antoinette lui a dressé un piège et il est tombé droit dedans. Pas tout à fait, cependant : il devait bien se douter de quelque chose, sinon il n'aurait pas entraîné Vériane à sa suite. « Je rentre à la maison, a-t-elle proposé, pour préparer le dîner, tu me rejoindras après avoir fait l'habilleuse auprès de ta groupie…

– Non, je préfère que tu m'accompagnes, ça ira plus vite ! »

C'est allé presto, en effet !

« Bon, je vois que vous n'avez pas besoin de nous », jette-t-il d'un ton glacé à Antoinette qui ne sait littéralement pas où se fourrer ni dans quoi (elle a bêtement laissé son déshabillé dans sa chambre…) « Tu viens, chérie ? » ajoute le coiffeur en s'adressant à Vériane, puis, sur le pas de la porte, il se retourne vers sa pauvre « coiffée » – de quel bonnet ? – et il lance comme on finit de couper une tête : « Vériane est ma femme ! »

Tranchée, la tête d'Antoinette l'est, en effet.

Hélas ! pas tout à fait… Car elle aurait préféré que l'assassinat commis à son encontre par ce traître de Luco soit bien réel… Tant pis : elle se contentera de se faire raser le crâne, seule façon d'oublier qu'elle s'est fait honteusement traîner par les cheveux !

Du fait d'un homme trompeur, d'un tricheur : un coiffeur marié en secret ! En plus, avec sa shampooineuse, a-t-on jamais vu ça ? C'est une ignominie… D'autant que Luco n'hésitait pas à lui tripoter la tête devant son épouse, et fallait voir comme ! Ce devrait être interdit par la loi, un tel abus !

Lorsque ses cheveux auront fini par repousser, si elle consent à laisser agir la nature – mais ça ne sera pas pour demain –, Antoinette sait d'avance à quel genre de coiffeurs elle confiera désormais sa tête… De ceux auprès desquels il ne saurait y avoir d'équivoque, du fait que les femmes ne sont pas leur genre.

Ces hommes-là on peut dire qu'ils sont des hommes de confiance ! Eux.

L'explosion

L'affaire avait commencé par une histoire de vêtements, de chiffons, donc, pour se terminer, comme de juste, en dispute de chiffonniers.

… Si on y réfléchit bien, les luttes les plus féroces, les plus meurtrières se livrent autour et au nom d'un chiffon : un drapeau ! Chiffon d'envergure, mais chiffon tout de même !

Au niveau au-dessous : quand deux chiens se disputent quelque chaussette ou vieille pantoufle, mieux vaut ne pas s'en mêler ! Le carnage n'est pas loin, comme il en est d'ailleurs pour les étendards et pavillons de toutes les confréries… Ah, les si jolies banderoles des supporters autour des terrains de sport, de quels affrontements sanglants ne sont-elles pas la cause !

L'uniforme, surtout, est l'élément qui déchaîne le plus vite et le plus violemment passions, fureurs et tueries… À peine l'a-t-on aperçu qu'on tire, abat à vue, sans songer une seconde à qui peut être dedans : ce n'est pas l'homme, c'est le costume qu'on exècre ! À croire qu'un morceau de tissu peut constituer un ennemi mortel !

Quant aux batailles de dames, plus policées, à ce qu'on pourrait croire, mais parfois assassines, elles commencent souvent à cause d'une robe que l'une a et l'autre pas ! Ou, au contraire, qu'elles portent toutes deux, mais en même temps, le même jour, au même endroit…

Et que dire de cette pièce de lingerie accusatrice qu'une amante « oublie » sous l'oreiller de sa rivale, sinon qu'elle est bonne pour engendrer un crime terrible, le crime passionnel ?

Ah ! la guerre des chiffons, à bien y réfléchir, je crois que je ne connais rien de pire.

Ni de plus universel : si certains naissent dans la dentelle, d'autres dans un haillon, de toute façon, c'est du linge qui nous accueille à notre apparition sur terre, et c'en est un autre qui nous accompagne dans notre dernière demeure ! Le plus souvent, un linceul unisexe, après qu'on a passé une grande partie de son existence à dormir, souffrir, se prélasser, faire l'amour, accoucher parfois, mourir en tout cas entre deux draps ! Chiffons, eux aussi.

C'est dès leurs premières parures – couches, maillots, puis barboteuses, robes à fronces, à smocks, à volants – que débuta entre Sylviane, Marielle et leur mère une guerre sans merci. Inexorable.

Grande et forte brune, Jeanne-Marie avait la passion de la toilette, et ses filles représentaient pour elle des accessoires dont elle entendait se parer. Pour augmenter son charme, sa puissance, le fracas provoqué par ses entrées. Ne fût-ce qu'à la boulangerie du coin…

– Qu'elles sont belles ! Qu'elles sont mignonnes ! Avec ces jolies petites robes, ces bonnets, rubans, socquettes, bottines…

La litanie, plutôt ironique, sonnait aux oreilles de Jeanne-Marie comme autant de compliments destinés à sa propre personne. Et à nulle autre. Car si l'étonnement était provoqué par ses filles, qu'auraient été les petites sans la façon choisie et dispendieuse dont leur mère les vêtait, les ornait, les frisait, les exhibait ? Rien. De la chair nue…

Ce que nous sommes toutes, à propos, sans la couture, et cela depuis les premières peaux de bêtes jusqu'aux jeans et autres cuirasseries dont une armée de stylistes, faiseurs, néo-mamans, s'obstine à nous recouvrir depuis la nuit des temps. En tant que corps à poils et sans poils qu'il s'agit de dissimuler aux regards d'autrui – en fait, de civiliser.

Au premier rang de ces transfigurateurs, on peut sans aucun mal placer aujourd'hui les talibans et autres partisans du tchador : car s'il est des contrées où le chiffon se manifeste comme incontournable autant que meurtrier, c'est bien chez eux ! À noter que dans ces pays-là, ce sont, comme souvent, les hommes qui dictent la mode, et celles qui vont devoir la porter, les femmes, qu'on charge d'en exécuter les modèles.

Une industrie plénière, en somme, unissant les sexes sans pour autant les concilier.

Il en allait de même pour Sylviane et Marielle : leur mère concevait les modèles qu'elles allaient mettre, copiant, arrangeant, dessinant, achetant les tissus, ayant à l'esprit des toilettes hors du commun, mais c'étaient ses filles, dès qu'elles purent tenir une aiguille, qui les cousaient.

Assises l'une à côté de l'autre, chacune condamnée à confectionner exclusivement sa propre toilette.

« Sachant que vous travaillez pour vous-mêmes, leur avait dit Jeanne-Marie, vous vous appliquerez mieux… Pas de faux plis, pas de points sautés ! »

En théorie, c'était imparable, et à certains égards « normal ». Depuis toujours, dans les familles sans grandes ressources, les filles s'attellent à la confection de leurs propres parures, trousseaux et colifichets… Sous l'égide de leur mère, au début, puis toutes seules, dès qu'elles ont assez de goût et de jugeote pour en décider.

Reste que chez Jeanne-Marie, aucune des filles ne gagna la possibilité de faire entendre son opinion ni d'énoncer une critique ou d'émettre un souhait quant à la façon dont leur mère avait l'intention de les mettre en évidence.

Après tout, est-ce qu'un militaire, fût-il colonel, a le droit de dire que non, décidément, cette couleur kaki ou ce bleu horizon ne lui convient pas, encore moins la façon de s'enfoncer sur la tête le képi ou le béret ; qu'il préférerait en somme un peu plus de fantaisie, c'est-à-dire la sienne ?

Ce serait aussitôt le cabanon ou les arrêts de rigueur.

Les deux sœurs étaient donc habillées de force par leur mère comme on l'est à l'armée.

L'aînée d'un an, Sylviane, était châtain aux yeux bleus ; la cadette, rousse aux yeux gris. De quoi provoquer chez leur mère une farandole de couleurs variées et complémentaires. Que n'était-elle peintre ! Mais, n'ayant jamais songé à tenir un pinceau, c'était sur la toile que représentaient ses deux filles qu'elle exerçait ses talents… de barbouilleuse…

À Aurignac, on se souvient encore des mélanges expérimentaux que se permettait la belle Jeanne-

Marie sur le dos des deux malheureuses qui l'encadraient comme les acolytes d'un bonimenteur sur la place du marché…

Pour son compte, Jeanne-Marie était presque toujours en noir, ou alors en bleu foncé, avec juste une écharpe ou un tour de cou en fourrure, l'hiver. Quoique rondelette, un modèle de sobriété et de discrétion.

Mais les filles !

Si elles avaient pu monter à Paris, errer sur les Grands Boulevards, avec un peu de chance tomber sous le regard de John Galliano, il est probable qu'épaté, et même battu aux points, l'avant-gardiste de la mode internationale les aurait engagées dans son équipe. Les filles comme mannequins, la mère comme styliste…

Mais, à Aurignac, on ne pouvait que grincer des dents.

Quand on ne ricanait pas ouvertement : « Ce sont des chiens savants ! » ; « Elle s'est payé tous les pots de peinture de la droguerie… » ; « Rentre ta vache, elle va fausse-coucher !… »

Quelques chiens, parfois, aboyaient, mais les gamins, eux, étaient contents : guignol !

Le bouquet, chaque année, étant la fête du printemps, non pas le jour du Carnaval, mais celui du Premier Mai.

Cette année-là, Sylviane ayant atteint ses quinze ans, et Marielle proche de ses quatorze, toutes deux devenues « femmes », Jeanne-Marie avait décidé de se surpasser. Il fallait que les petites soient éblouissantes, inoubliables. Après tout, dans un coin de sa tête, elle prévoyait que sa mainmise maternelle pouvait bientôt prendre fin.

Il arrivait déjà qu'on lui répondît pour ci, pour ça…

Pas encore sur les chiffons, mais cela risquait de venir. Il lui fallait, si l'on peut dire, « terminer en beauté ».

« Quand je ne serai plus là, lui arrivait-il de soupirer, vous ferez ce que vous voudrez. Pour l'instant, c'est moi qui commande, puisque c'est moi qui paie ! »

L'argent, maître-mot, grâce auquel tant de couturiers à travers le monde font monter sur des podiums des fifilles étiques comme leur petit doigt, titubant comme si elles avaient bu, seins et fesses à l'air, regard vitreux, yeux au beurre noir, bouche éclatée… (Il paraît qu'elles sont contentes, là-dessous ; moi, je dirais plutôt résignées, songeant avant tout à leur chèque !) « Qu'y a-t-il sous un tchador, quand il est ouvert… » aurait chuchoté notre fou chantant. Mais qu'y a-t-il sous les costumes du dernier cri, ou plutôt de l'ultime hurlement de la mode ? Mystère, là aussi ?

– Non !

– Quoi, non ?

– Je ne veux pas de ce jaune moutarde. J'en ai porté il y a deux ans, on dirait du caca… Je ne le mettrai pas…

C'était Marielle, la cadette, la première à se révolter (c'est souvent le fait des cadets). En tout cas, à proférer avant sa sœur le mot magique, les trois lettres interdites : « Non. »

Jeanne-Marie n'en crut pas ses oreilles et, de stupeur, revint un instant sur son choix : ce n'était donc pas joli, ce rhubarbe avec ce violet ?

Audacieux, en tout cas – et ne risquant pas de passer inaperçu, avec Sylviane en cerise et vert d'eau !

– Ce coupon m'a coûté une fortune, pas question d'y renoncer ! Allez, au travail, j'ai coupé le patron, il n'y a plus qu'à assembler pour le premier essayage. Le temps presse…

Et Jeanne-Marie d'appliquer une gifle assez rude sur les fesses de la rouspéteuse. Ce qu'elle-même prit pour une joyeuseté, mais que sa fille reçut comme une humiliation.

Sans compter l'inacceptable intrusion dans son intimité physique.

Se souvient-on du célèbre crime des sœurs Papin qui, à l'époque, en 1933, révulsa l'opinion française ?

Jusqu'à l'instant fatal, entre les deux employées, deux sœurs issues de la campagne, et leurs patronnes, la mère et la fille Lancelin, tout s'était admirablement passé. Mais, ce soir-là, pour une familiarité que Mme Lancelin, revenant des courses, son chapeau sur la tête, s'était permise dans l'escalier envers sa bonne – elle lui avait touché la poitrine, irritée d'apprendre qu'à cause d'une panne d'électricité, le repassage n'avait pas eu lieu –, Marguerite Papin se déclencha ! Elle bondit sur sa patronne et sa fille, sa sœur l'imitant aussitôt, et les deux employées modèles, après leur avoir arraché les yeux avec les doigts – y mettant tant de force que l'un alla rouler jusque sur le palier où le retrouva la police –, lardèrent les deux corps sans vie d'une kyrielle de coups de couteau. On les retrouva couchées en L, comme apprêtées pour être « mises au four » !

Une crise monstrueuse, une explosion imprévisible, conclurent les psychiatres.

Mais, Dieu soit loué – à moins que nous ne le déplorions, avides que nous sommes de faits divers –, l'« explosion » de Marielle et Sylviane à l'encontre de leur mère n'alla pas jusqu'au dépeçage.

Les deux filles se contentèrent de la saisir l'une par le bras, l'autre par la taille, pour l'allonger sur le parquet et la déshabiller entièrement, malgré les hurlements de fureur, ses injonctions à la lâcher et à lui obéir ! Puis la rhabillèrent à leur façon.

Leur fantaisie.

Leur délire !

Il se trouvait plus qu'assez de vêtements dans la maison, des anciens, des nouveaux, des lés de tissu inutilisés, pour transformer leur mannequin vivant en épouvantail !

Une histoire de chiffons, là aussi.

Également de sang, car ces demoiselles avaient toutes deux leurs règles, comme les sœurs Papin le jour du crime. Sang et linges ont toujours fait bon ménage…

Bien entendu, la victime gigotait, criait, se débattait, ce qui fait qu'en dépit du désir qu'elles en avaient, les deux sœurs ne purent la traîner dans la rue par un licou, comme autrefois les ours de foire.

Elles durent se contenter de la bâillonner avec un foulard de soie – lequel, tel un tchador, ne laissait paraître que ses yeux – avant de la ligoter à un arbre devant la maison.

De la mettre, en quelque sorte, au pilori !

En un rien de temps, tout le quartier était rassemblé, les voitures s'arrêtant, d'où jaillissaient des conducteurs éberlués.

On ne fêtait pas carnaval, que l'on sache ! Alors, était-ce une forme de publicité, mais pour qui ou quoi ? Une maison de couture, un marchand de tissus ? Chacun y allait de sa supposition – sans obtenir de réponse, car les deux filles avaient disparu. Avec le porte-monnaie.

Quand elles revinrent, quelques heures plus tard, elles étaient méconnaissables : habillées pour la première fois de leur vie à leur goût, c'est-à-dire comme tout le monde : jean, T-shirt, baskets et blouson ! Et nul ne soupçonna que ces jeunes filles ordinaires pouvaient être les auteurs d'un si exceptionnel forfait.

– Mon Dieu, vous arrivez bien, regardez ce qu'on a fait à votre pauvre mère…

Une voisine avait fini par reconnaître Jeanne-Marie à son relatif embonpoint. Mais qui l'avait mise dans cette lamentable situation ? Des cambrioleurs, des « saucissonneurs », sans doute…

– Quelqu'un a-t-il appelé la police ?

Un homme plus avisé que les autres alla chercher le couteau gardé dans son vide-poche, sectionna les liens de la malheureuse et entreprit de la débâillonner, à l'inquiétude justifiée de Sylviane et Marielle.

Eh bien, le croira-t-on, la première parole qui sortit de cet arc-en-ciel d'oripeaux, de cet entortillement de banderoles à faire pâlir de jalousie n'importe quelle momie, laissa tout le monde pantois. À commencer par les deux filles !

– Pardon, dit-elle.

Et vous, n'aimeriez-vous pas, de temps à autre, en entendre autant, sorti de la bouche de nos chers, si chers couturiers ? N'est-il pas temps que d'aucuns nous demandent enfin pardon pour ce qu'ils font et nous font ?

Voilà qui ferait l'effet d'une explosion dans le monde des femmes – et d'une belle !

L'épingle

La couturière n'y connaissait rien, c'était manifeste. Elle regardait Aliena dans la glace, avec application, et ne voyait rien.

– Peut-être diminuer un peu ici…, tente-t-elle de dire en pinçant le tissu de la robe à l'épaule, pour la remonter.

– Non, dit Aliena.

Elle n'était pas si mal, cette robe de soie rouge, elle pouvait même être bien. Il suffisait justement que la couturière n'y touche plus, ou à peine. Enlever un peu d'ampleur au buste, rallonger d'un ou deux centimètres, pour donner de la longueur, cette longueur de tige qu'elle aimait. Le reste du travail, c'est Aliena qui le ferait. C'est-à-dire la porter. Porter la robe. À Paris.

À cette réception où on allait la décorer. La décorer, était-ce bête… La décorer, pourquoi pas ?

On décore bien les arbres de Noël. On pouvait bien la décorer, elle, Aliena. Cela leur faisait tant plaisir ! Elle pensait aux siens : à ses parents, son vieux père, sa vieille mère, ses frères et sœurs, ses cousins, bref, la famille… Ceux qui portaient le même nom qu'elle et qui verraient son nom, leur nom dans le journal, et qui se diraient : « On existe ! » Grâce à elle. Qui seraient eux aussi un peu des arbres de Noël, grâce à elle. Enfin, à leurs propres yeux, car pour ce qui était du reste du monde…

Le reste du monde, évidemment, s'en fichait bien ! Le reste du monde ne lisait pas cette partie-là des journaux, la liste des médaillés et des décorés. Il lisait les crimes, les piratages, les amours insolites ou princières, les tueries, les braquages, les accidents bizarres, les avanies, les empoignades politiques, en somme tout ce qui amuse ou nous change de nous-mêmes…

La décoration d'Aliena, ce petit ruban bleu – tiens, comme celui qu'avait remporté un jour ce long et lourd paquebot appelé *Normandie*… –, la décoration d'Aliena, elle, n'intéressait personne ! Il paraît que si le *Titanic* avait coulé, c'était parce qu'il avait voulu, pour sa première traversée de l'Atlantique, ravir le « ruban bleu » à tous les autres paquebots du monde en empruntant la route la plus courte, celle du Nord. Il avait ravi le ruban bleu de la célébrité, ça oui ! Pour gagner la gloire, chacun fait ce qu'il peut. Mais il est des gouffres amers…

– Peut-être une ceinture ? dit Mme Lépingle, l'air concentré.

S'appeler Lépingle quand on est couturière de province, de village plutôt… Décidément tout est souvent prédestination.

– Je verrai, madame Lépingle. J'ai toutes sortes de ceintures, avec du strass, des cloutages, tressées… J'essaierai. Tenez, à tout hasard, puisqu'il vous en reste un peu, faites-moi une ceinture dans le même tissu…

– Oui, c'est ça ! Je vais la faire ! répondit Mme Lépingle, ravie d'avoir encore quelque chose à ajouter à cette robe dont elle se sentait fière et, en même temps, à laquelle elle ne comprenait rien.

– Je la taille en biais ?

– Bien sûr, en biais, acquiesça Aliena, sachant à quel point les mots « biaiser », « en biais » enchantaient et valorisaient Mme Lépingle.

À Paris, Aliena avait vu travailler les plus grands couturiers du monde, hommes et femmes. Elle se souvenait encore des mains de Pierre Cardin sur elle, un jour, lui inventant un manteau de satin noir doublé de lynx. Pierre, si jeune alors, pas tout à fait aussi beau qu'aujourd'hui, aux traits encore un peu flous, s'était placé derrière elle pour la regarder dans la glace, comme en ce moment Mme Lépingle. Mais ses mains ! Les mains de Cardin sur son corps, sur ses hanches... Rien de sexuel, mais une sorte d'amour cependant. Il la vêtait, l'enrobait, lui confectionnait un étui, un écrin rien que pour elle.

Et son regard ! Que regardait Cardin à ce moment-là ? Quelle image, quelle femme invisible Aliena ? Sa mère à lui, peut-être ? Il avait bien dû avoir une mère, Cardin, et considérer qu'elle était la femme la plus belle du monde. La femme unique ! Et qu'il était trop petit pour la rendre heureuse, qu'il n'avait pas encore ce qu'il fallait pour la rendre heureuse : pas d'argent, pas les moyens... Et il la vêtait, dans sa tête, de la plus merveilleuse des toilettes : les robes de Peau d'Âne, robes d'aube, de crépuscule, robes pour Maman, robes pour mon étoile. Robes pour Toi... Et puis il était devenu grand, un grand couturier, et qu'était devenue sa Maman ? Vieille, courbée, morte, revêche, indifférente ?

Aliena ne savait pas, ne voulait pas savoir. Elle sentait seulement que Cardin, en lui confectionnant ce manteau avec cette passion intense qui le possédait à ce moment-là, habillait une autre femme qu'elle. Et que c'était là son bonheur, son seul bonheur. D'ailleurs, ce manteau, lui qui aimait pourtant l'argent, il le lui avait à peine fait payer...

Elle aurait pu aller chez Cardin, devenu bien trop cher pour elle, emprunter une robe pour la journée, lui dire : « Pierre, on me décore de l'ordre du Mérite, vous vous rendez compte ! Dans les salons du ministère de la Culture… Vous n'avez pas quelque chose à me prêter, n'importe quoi pourvu qu'il y ait de quoi y accrocher une minuscule médaille… » Pierre aurait dit oui. Mais elle n'avait pas eu le cœur à se lancer dans tout ce tra-la-la… à faire croire à Pierre que c'était important qu'on la décorât, qu'elle y tenait… Ce à quoi elle tenait, c'était à ce que ce soit fait, et vite fait !

Elle avait acheté ce tissu parce qu'il était rouge, et vert, et jaune, et forcément gai, alors qu'elle se sentait ailleurs que dans la gaieté, elle ne savait trop où, et elle l'avait envoyé par la poste – dans l'une de ces boîtes-puzzles si difficiles à reconstituer et à bien refermer, curieuse invention du génie postal – à Mme Lépingle, sa couturière de Corrèze.

Cela faisait trente ans que Mme Lépingle taillait, cousait et recousait dans sa petite arrière-pièce ouverte sur le jardinet où s'égaillaient ses chats, dans une maisonnette de la rue principale de ce village que traversaient en fonçant les automobilistes. Rue principale ? À Bujeuf, en fait, il n'y avait pas deux rues…

La qualité de Mme Lépingle, c'était qu'elle répétait exactement, au millimètre près, le modèle qu'on lui envoyait. Et qu'elle cousait à points fins, admirables, comme on avait dû lui apprendre lorsqu'elle était en apprentissage. Où Mme Lépingle avait-elle appris à coudre ? Chez les sœurs, chez une couturière ? Enfin, elle avait appris il y avait très longtemps, et elle devait s'imaginer, elle qui ne montait jamais à Paris, qu'à Paris les ouvrières de la couture, la haute couture, c'était quelque chose ! Que de sa vie entière elle n'arriverait pas à les égaler. Alors que les ouvrières de la couture, désormais, à Paris…

Aliena avait entendu Chanel lui en parler, il y avait déjà un certain temps : « Il n'y a plus d'ouvrières ! » Chanel la regardait de son petit œil noir, sous son sempiternel chapeau, comme si elle attendait de sa part une réponse.

– Comment se fait-il, mademoiselle ?

– Elles ne veulent plus travailler, elles n'aiment plus leur métier. Tiens, un exemple : les ateliers ferment à six heures. Eh bien, elles partent toutes à six heures moins une, tu m'entends, à six heures moins une ! Je les vois filer dans l'escalier, je sors exprès de mon studio, elles ne partent pas, elles décampent… Des trains de banlieue à prendre, paraît-il, ou je ne sais quoi… Elles n'aiment plus leur travail, je te dis !

– C'est vrai, mademoiselle, que la vie est dure…

– Elle n'était pas dure, avant ?

Aliena n'avait pas su quoi répondre. Chanel avait connu la guerre de quatorze et l'après-guerre de quatorze, puis l'avant-guerre de quarante et la guerre de quarante, puis l'après-guerre, et tout cela, assurément, avait été bien dur pour les ouvriers et les ouvrières… Tout était toujours dur ! Même l'œil de Chanel…

Jamais Chanel ne lui avait fait un essayage. Mais Aliena possédait quand même des vêtements confectionnés par les mains, les propres mains de Chanel. Car elle achetait les soldes de la collection quand elle le pouvait. Elle demandait à Mme Suzanne : « S'il vous plaît, Suzanne, gardez-moi l'ensemble rouge avec le col en zibeline, ou le manteau noir avec le renard… » Suzanne les lui gardait et la prévenait juste avant la sortie de la nouvelle collection : « Vous pouvez passer prendre les modèles, ils sont libres. » Aliena les payait par mensualités. Ne les portait jamais. Elle n'avait pas les occasions, pas les accompagnateurs, pas les hommes pour aller avec. On ne sort pas dans la rue, toute seule, avec des robes pareilles… Ça ne faisait rien, elle les avait dans ses armoires et les aimait.

C'est drôle, d'aimer des robes. Mais pourquoi pas ? C'est drôle aussi d'aimer des rêves, non ? Les robes sont des sortes de rêves. D'une autre vie, d'une vie meilleure. Elle avait plein de vies meilleures rangées dans ses armoires.

« Vous avez trop de robes », lui disait-on parfois, d'un ton de reproche. L'air de dire : « Jetez-en, donnez-m'en, débarrassez-vous-en, faites du vide… »

En quoi cela les regardait-il ? Elle avait trop d'« histoires », aussi, dans sa tête, et ça, comme personne ne s'en apercevait, personne ne lui disait : « Jetez-les ! » Mais ils l'auraient bien fait, s'ils avaient pu : « Tâchez donc de ressembler un peu plus à tout le monde, d'être plus stricte, conforme ! »

Elle aurait pu remettre l'ensemble rouge acheté chez Chanel il y avait dix ans. Chanel, morte, redevenait à la mode. Ou alors le manteau noir, justement, importé, importable, un manteau pour Marlène ou pour Charlotte Rampling…

Non, elle n'en avait pas envie. Elle n'avait pas envie de toucher à ses rêves, d'enfiler ses rêves.

Le petit fourreau strict avec manches demi-longues, taillé dans cette vraie soie, que lui confectionnait Mme Lépingle en deux semaines, pas même, en dix jours, allait suffire.

Elle passa la main sur ses hanches. Aurait-elle aimé, elle, Aliena, être couturière ? Triturer du tissu, puisqu'elle aimait tant les robes ? Elle se dit que non… Elle n'aurait pas aimé voir se déshabiller les autres femmes afin d'enfiler ses rêves à elle, pour se dire ensuite en les regardant : « Non, ça ne va pas ! »

Évidemment que cela ne leur siérait pas ! Comment ses rêves auraient-ils pu jamais aller à d'autres ?

Et gagner de l'argent, beaucoup d'argent ! L'argent, cette seule idée de l'argent la fatiguait. Avec de l'argent il faut acheter de belles demeures, des œuvres d'art, aménager des piscines, des tennis, changer de voiture, discuter Audi, Mercedes, places de première classe en *jet*, bijoux laissés au coffre, ou très bien assurés par la Lloyd's, AGF, quoi encore ? L'argent était une tâche, un envahissement, un fardeau, la barbe ! Et puis, une fois qu'on a de l'argent, on ne voit plus que des gens qui en ont, forcément...

– Alors, je vous la finis comme ça ?

Mme Lépingle avait encore essayé d'« améliorer » son œuvre... Tirant un pli par-ci, un pli par-là, et comme elle ne voyait rien, mais rien même dans la glace, comme elle n'imaginait même pas l'allure qu'aurait Aliena ici ou ailleurs dans cette robe, ni avec quels gestes elle la ferait vivre, alors Mme Lépingle, désemparée, attendait seulement qu'on lui dise : « Allez-y, c'est bon ! »

– Ça va, répondit Aliena, vous pouvez la terminer comme ça.

Mme Lépingle sourit de son bon sourire de femme qui ne sait rien de la vie que l'essentiel, c'est-à-dire le travail bien fait, et Aliena, en se déshabillant pour remettre son jean et son chandail, lui rendit son sourire. Car elle avait du respect, un profond respect pour Mme Lépingle qui ne savait pas, du fin fond de sa Corrèze, à quel point, ailleurs, le travail, les conditions de travail avaient changé ! Ne comptait plus, en somme.

Ce qui comptait…

Eh bien, c'était le succès !

« Quel beau succès ! » lui avait dit son père quand il avait appris qu'elle allait être décorée.

Pour quelle raison, par quel fonctionnaire cherchant à remplir sa liste des promotions de fin d'année ? Elle ne le savait pas et n'avait pas cherché à le savoir.

Le jour de la remise de décoration, elle attendit le dernier moment pour enfiler sa robe, arrivée par la poste, car elle savait au fond d'elle-même que n'importe comment « ça irait ».

Ça allait, en effet, une fois la ceinture nouée. Elle mit un bracelet, essaya un collier de perles, reposa le collier de perles, accrocha à ses oreilles les boucles d'oreilles en métal doré qu'elle aimait, en forme de feuilles de cet arbre rare qui s'appelle *ginkgo*. C'est un jeune sculpteur, dont elle ne connaissait même pas le nom, qui avait eu l'idée de fabriquer en quelques exemplaires ces boucles où plusieurs feuilles de ginkgo se balançaient les unes au bout des autres. Le ginkgo est un arbre presque aussi vieux que le monde. L'un des plus vieux arbres de la planète. Un fameux lutteur, pour avoir résisté à tout ce qui a déraciné, anéanti, transformé les êtres vivants !

Lucien lui avait dit qu'il la rejoindrait là-bas, au ministère. Il avait ses affaires. Il faisait de plus en plus d'affaires. Des petites qui devenaient grandes, des rendez-vous qui commençaient à absorber tout son temps.

« C'est passager, disait-il, tu verras ! Après, nous partirons en vacances, tous les deux seuls, toi et moi… Nous irons dans de beaux paysages, des mers chaudes… »

Elle s'était aussitôt dit : « Mais je n'ai pas de toilettes pour les mers chaudes ! » Puis elle avait pensé qu'elle était idiote : là-bas on ne met rien, ou n'importe quoi, on se vêt de couleurs, comme les modèles Gauguin. Ou de fleurs. Et puis, à quoi bon des robes, vous pouvez me dire, quand on vit son rêve avec son amour ?

Ce matin-là, le matin de la décoration, il lui avait quand même dit : « Je repasserai avant à la maison mettre une chemise propre et mon costume bleu, qu'en penses-tu ?

– Oui, avait répondu Aliena, ton costume bleu et ta chemise blanche, tu sais, la dernière, la neuve, celle qui est si fine, si transparente…

– D'accord », avait acquiescé Lucien en l'embrassant sur la bouche, comme il faisait toujours, surtout lorsqu'il était pressé. Pour qu'elle sente, pour qu'elle sache que le lien, entre eux, était toujours le même, si puissant, intime, intact.

Et il était parti dans sa nouvelle voiture, avec son nouveau chauffeur, vers ses nouvelles affaires qui marchaient si bien.

Aliena a fini de s'habiller, elle a mis des chaussures rouges, puis blanches, puis mordorées, puis finalement noires, arachnéennes. Elle a retrouvé ses jambes d'avant les jeans, des jambes faites pour attirer les regards. Elle ne portait plus ces jambes-là depuis que Lucien lui avait dit : « Je ne veux pas qu'on regarde tes jambes ! » Alors elle avait caché ses jambes, quelle importance !

Elle était un peu en avance. Au dernier moment, à l'instant de sortir, elle se dit qu'elle allait préparer les affaires de Lucien, cela lui faciliterait les choses, tout à l'heure, quand il passerait en coup de vent, se rasant d'une main – il se rasait deux ou trois fois par jour –, téléphonant de l'autre.

Elle sortit le costume bleu et le plaça un instant contre sa joue, comme elle faisait souvent avec ses affaires à lui quand il n'était pas là, comme si c'était déjà un peu de sa peau, en attendant de la retrouver pour de vrai, le soir, dans son lit. Et puis elle installa la veste et le pantalon sur le fauteuil, en veillant à ne pas faire de plis. Lucien l'engueulait tellement quand elle ne savait pas suspendre un costume d'homme sur un cintre, en évitant qu'il se déforme au col et aux épaules.

Elle avait vécu si longtemps sans homme qu'elle ne savait pas très bien s'occuper des vêtements d'hommes. Ses vêtements à elle, elle en faisait des boules, les jetait par terre, les piétinait parfois, et c'était comme ça qu'elle les aimait : un peu mâchés, mâchurés, en somme sans importance – c'était elle qui en avait : elle, son regard, sa parole, sa façon d'aimer.

L'amour qu'elle portait à cet homme et à tout ce qui découlait de cet amour-là. Et qui s'appelait le monde. Si elle aimait les girafes, par exemple, ou les enfants perdus du fin fond du Laos, ou la petite bague de jade qu'il lui avait rapportée de Chine, c'est parce que c'étaient autant de prolongements de l'amour pour lui, lequel ne peut pas vivre dans le vide. Il lui faut une scène, une enveloppe charnelle. Le monde était l'incarnation de son amour pour Lucien. C'était tout. Très important, mais pas l'essentiel. L'essentiel, c'est l'âme, pas le corps. Et leur âme à tous deux, c'était leur amour.

Puis, en passant devant la glace du placard, elle se regarda dans sa robe rouge à fleurs jaunes, et vertes, et blanches, et elle trouva qu'elle avait noué la ceinture un peu haut, trop serrée. Alors, d'un geste brusque – Aliena, souvent, a le geste brusque, rapide, comme un oiseau qui en assez d'être à terre et qui se hâte de faire ce qu'il y a à faire avant de s'envoler –, elle dénoua la ceinture pour la renouer autrement.

C'est alors qu'elle se piqua.

Presque rien. D'abord, elle cria : « Merde ! », puis elle sourit.

Cette Mme Lépingle avait laissé une épingle dans la couture de la ceinture en biais, c'était bien d'elle ! Enfin… bien de son nom ! Une blague du destin !

Aliena suça son doigt, tenta de trouver l'épingle, y parvint, l'extirpa, la jeta dans la corbeille chromée de la salle de bains. Revint vers l'armoire, saisit la chemise blanche de Lucien et la posa près du costume bleu.

Les chaussures ? Il choisirait lui-même.

Puis elle sortit, un léger manteau sur les épaules, galopant jusqu'à la station de taxis, où il y avait toujours un brave homme, parfois une femme, qui attendait – comme ça se trouve bien ! – qu'elle vienne quémander ses services.

Aliena était toujours très polie et généreuse avec les chauffeurs de taxi, parce qu'elle trouvait qu'ils étaient parmi les gens au monde qui lui rendaient le plus de services, et cela tous les jours. Ils la menaient, sans questions, sans discuter, là où elle voulait aller. Où elle avait besoin d'aller. C'est drôle, pendant qu'elle était dans un taxi, elle avait le sentiment que son âme pouvait enfin se reposer quelques minutes : ça n'était plus elle la responsable. La conductrice de tous les instants de leur vie commune, à elle et Lucien. Soulagée de cet épuisement dont elle n'avait pas conscience mais dont elle se délivrait, un moment, dans le taxi.

Au ministère, tout était comme il est normal. Huissiers, amis, visages connus, inconnus, souriants ; elle n'était pas la seule, bien sûr, à être décorée ce jour-là.

Elle prit un verre de champagne, le reposa sans en avoir bu une goutte. Elle n'aimait pas l'effet de l'alcool sur elle, il lui coupait les jambes, l'alourdissait. Au fond, Aliena ne le savait pas, elle était comme un animal, un oiseau peut-être, ou bien un chat, et c'est pour ça que l'alcool lui convenait si mal : il coupait ses liens subtils avec le monde, il la rendait sourde et aveugle, déséquilibrée... Elle perdait son équilibre, non pas celui de sa démarche, comme il arrive aux personnes en état d'ivresse, mais avec le cosmos. Ses liens essentiels avec le reste de l'univers étaient coupés.

Aliena sourit, parla, écouta. En fait, elle attendait Lucien. Elle n'aurait pas aimé qu'il ne fût pas là. Sa présence la rendait moins vulnérable. Surtout dans une foule. Elle n'était plus seulement une femme, elle devenait la femme de quelqu'un. Protégée. Vue autrement. Moins désirable. Pas désirée du tout, même. Elle ne voulait plus être désirée par aucun autre homme que Lucien. Jamais.

Et puis, soudain, elle reçut le choc de son regard. Entre eux deux, c'était toujours la même chose quand ils se retrouvaient : un regard, un seul, qui disait : « Tu es là, je suis là, nous sommes ensemble. » Après, n'importe quoi pouvait arriver, arrivait. On bavardait, riait, se présentait les uns aux autres. Elle savait qu'il était assez avide de connaissances dans ce milieu qui n'était pas vraiment le sien, et elle lui présenta quelques grands noms des lettres et de la culture, des noms connus en tout cas. Et Lucien, comme à son habitude, fut parfait. Ayant lu, ou sachant ce qu'il fallait avoir lu, et le laissant entendre. Et complimentant comme il convient de le faire ces êtres à vif, les écrivains.

Soudain, regardant à nouveau Lucien, elle vit, près du col de sa chemise blanche impeccable, comme il les aimait, une toute petite tache sombre.

« Mon Dieu, se dit-elle, c'est bien moi, ça ! En me piquant avec l'épingle, je n'ai pas fait assez attention, et c'est un peu de mon sang qui est là, sur son col, et qui se voit… Que je suis sotte, et maladroite, et toujours trop pressée, et inattentive… et… »

Alors elle voulut dissimuler la tache et fit un geste qu'elle ne se permettait jamais avec lui en public. Elle toucha un peu à sa cravate, pour la déplacer légèrement afin qu'elle recouvrît la minuscule tache laissée par son propre sang.

Lucien sourit, ne comprenant pas bien, la laissant faire. Oui, il lui souriait en la regardant dans les yeux, l'air de dire : « Vous êtes bien maternelle, aujourd'hui, madame ! Mais vous avez tous les droits, on vous décore, non ? Vous allez être une Grande Dame, comme toutes les dames décorées de l'ordre du Mérite et à qui, si elles en valent la peine, je mettrais bien la main aux fesses, car les femmes, leur principal mérite, il est dans leur cul et pas ailleurs… Bien, d'accord, ma beauté ? »

Oui, Aliena comprit tout cela et sourit en retour à son amant. Comme ils s'entendaient en tout ! Si seulement elle était un peu plus ordonnée. Si seulement Mme Lépingle était moins bonne ouvrière, elle aurait cousu la ceinture de soie rouge sans se croire obligée d'y fourrer des épingles pour qu'elle soit bien droite, digne d'une couturière de Paris !

D'une main légère, amoureuse, Aliena déplaça la cravate de soie qu'elle lui avait achetée, toute étonnée elle-même de savoir choisir pour cet homme des cravates qui lui plaisaient ! Maintenant elle était même capable d'acheter des cravates… Quel progrès ! Jusqu'où n'irait-elle pas ? Ça, c'était un mérite, le seul, le vrai : être capable de vivre avec un homme !

Alors elle se permit un geste encore plus audacieux. Elle rajusta le col en place pour bien dissimuler la tache. Celle de son sang.

À cet instant précis elle découvrit, sur la peau nue de son cou à lui, la trace vive, indiscutable, mortelle, d'un rouge à lèvres.

Ella ne passe pas la collection

Cela va faire sa troisième crise de nerfs en trois jours. Jusque-là, Ella n'en avait qu'une par semaine (au début, pas du tout). Ses cris s'entendent jusque dans les ateliers où les ouvrières, évitant de s'entre-regarder, piquent du nez sur leur ouvrage, dont les robes qu'elles font pour Ella.

Au moment des collections, cela ne se passe pas toujours comme sur un tapis de roses, ni dans ce climat de détachement et d'élégance qui, pour les gens étrangers au milieu, est forcément celui de la haute couture. Comment concevoir et réaliser des robes aussi fabuleuses, pensent-ils, si on ne vit pas dans un univers céleste ?

En fait, chez Saint-Monge, depuis quelque temps, c'est carrément infernal. D'ailleurs, au cours de la dernière crise de la jeune femme et pendant qu'on lui prodiguait dans un coin du studio les soins que semblait nécessiter son état, Ludovic Saint-Monge lui-même a susurré à Jean, son assistant, en détachant ses mots :

– Ça n'est pas Ella qu'on devrait l'appeler, mais Hella, avec un H !

– Que veux-tu dire ?

– Hella, de *hell*, enfer !

Ce qui n'a pas aidé le grand mannequin à recouvrer une humeur compatible avec le travail.

Lequel est très dur. Dès que la collection a commencé, Ludovic exige qu'elle soit sans cesse à sa disposition. Il y a bien un autre mannequin à demeure, Evvie – on n'en engage un essaim qu'au moment des défilés et de la venue des acheteurs étrangers –, toutefois c'est sur Ella que le grand couturier préfère élaborer ses modèles. Dès qu'il lui vient une idée, il lui faut Ella pour draper une étoffe, esquisser une silhouette, tenter un nouvel effet.

Ella est devenue le mannequin vedette de la maison, son fétiche, sa mascotte, sa star. Dès qu'on dit Saint-Monge, on ajoute « Ella ». Et vice versa.

Cette assomption d'Ella vers la célébrité – beaucoup de mannequins, même superbes et remarquablement payés, demeurent anonymes –, c'est Ludovic qui l'a voulue. Ella, pense-t-il à juste titre, est son œuvre.

Il n'est que de se rappeler – mais qui y songe, à part lui et Jean ? – l'allure qu'avait la jeune femme lorsqu'elle est venue pour la première fois à la maison Saint-Monge.

Maigrichonne, le dos voûté, le cheveu terne, sans aucun style, les yeux non maquillés, petits, même, et enfoncés, ne sachant pas marcher ; jusqu'à ses dents, tout en elle était gris.

À tel point que Mme Aujourad, la directrice du personnel, a cru que la petite se présentait comme ouvrière ! ou vendeuse !

Quand elle a su que c'était pour passer les robes, elle ouvrait déjà la bouche pour dire non, lorsque Jean a pénétré en trombe dans son bureau :

– Vous n'avez pas vu Evvie, ce matin, madame Aujourad ? Ludovic a besoin d'elle !

– Non, mais hier elle est partie avant l'heure ; je crois que sa fille est maladc…

– C'est la catastrophe ! Ludovic veut essayer la robe de velours émeraude et il n'a personne ! Pouvez-vous téléphoner tout de suite à une agence, qu'on nous envoie quelqu'un, n'importe qui.

Ella, qui ne manquait pas d'audace, même en ce temps-là où rien ne parlait en sa faveur, s'est avancée :

– Si vous voulez, je peux essayer.

Elle était debout, boudinée dans des vêtements sans grâce, ce qui a permis à Jean de se rendre compte d'emblée qu'elle n'était ni grosse, ni empoitraillée, ce que Ludovic déteste, et qu'elle mesurait près d'un mètre soixante-douze.

Mme Aujourad levait les bras au ciel : jamais elle ne se serait permis de présenter une mocheté pareille au patron, la petite n'était vraiment pas le genre de la maison !

Ella l'est devenu, et même elle l'incarne.

La qualité fondamentale d'un mannequin, c'est d'être malléable : moins la fille montre de personnalité, plus le couturier est content.

Il y a l'exemple du contraire : de filles qui s'imposent par un gabarit, des coloris inusités, lesquels inspirent sur-le-champ un couturier. Ainsi Bettina, la pulpeuse petite Normande au visage de chat couvert de taches de rousseur, a commotionné Jacques Fath : il a, sur elle et dans l'instant, changé l'esprit de la collection en cours.

Sans doute l'attendait-il, comme on espère parfois un courant d'air, un peu de fraîcheur, un rayon de soleil. C'est la jolie rousse aux yeux verts qui s'est présentée – ç'aurait pu être quelqu'un d'autre – et la muse, ce fut elle !

Et puis Bettina, à dix-huit ans, possédait de naissance les qualités morales d'un très grand mannequin : elle savait être à disposition. « Je sentais quand je devais bouger, dirait-elle plus tard, et quand il me fallait demeurer totalement immobile. » Quant à donner son avis sur les modèles, l'idée ne lui en venait même pas : elle n'était pas là pour ça.

Ce qu'elle aimait, comme toutes les filles qui sont mannequins dans l'âme, c'est sentir sur elle les mains et le regard du maître. Pas des mains qui caressent : des mains qui créent. Et pas non plus un regard qui voit la femme réelle, mais, au contraire, des yeux qui voient la femme à venir, celle que le couturier est en train d'inventer à partir d'elle ! La femme « mieux ».

Ella, dans ses dernières crises, hurlait plus qu'elle n'énonçait une série de revendications allant à rebours de cette loi fondamentale : « IL ne tient aucun compte de ma personne, ça lui est bien égal ce que je pense ! IL n'a aucun respect pour mon être ! Je ne suis pour LUI qu'un chiffon de plus… »

Les chiennes de garde lui auraient donné raison, mais la haute couture, cet univers de femmes consacré à la gloire des femmes, n'a rien de féministe. Sa règle ressemble plutôt à celle des couvents et on pourrait marquer au fronton des somptueux hôtels particuliers qui lui servent de temples : « Vous qui entrez ici, effacez-vous… »

Effacée, Ella l'avait été les premiers temps. C'est du moins ce qu'un observateur impartial aurait pu penser. Elle ne quittait pas de l'œil Ludovic, obéissant à la moindre de ses injonctions, prévenant son désir.

Et elle ne disait pas un mot.

Ella était parvenue – ce que tous les maris espèrent plus ou moins de leurs épouses, et que si peu obtiennent – à être un prolongement de lui-même.

Le studio, avec ses deux fenêtres en hauteur donnant sur l'avenue George-V, est somme toute exigu, mais si Ludovic esquisse quelques pas pour soulager sa tension nerveuse, jamais Ella n'est sur son chemin. En revanche, quand il cherche à faire un effet avec un accessoire, à juger du tombé d'une étoffe, sans qu'on ait vu Ella se déplacer, elle est sous sa main.

Il n'y a rien de plus beau, tant cela va loin dans la complicité, que l'accord d'un couturier et de son mannequin. Il a besoin de sa hanche ? Il la trouve. De sa poitrine ? Elle l'offre. De son dos ? De son devant ? De son dessous de bras ? la fille se tourne imperceptiblement, au rythme qui convient, toujours de bonne humeur, nue ou presque sur ses talons hauts, et ceci autant de temps, autant d'heures qu'il faudra.

Le créateur, habitué à sa présence, à son contact, on peut même dire à son odeur, ne la regarde pas, du moins pas directement : il examine son reflet dans la glace, car c'est toujours devant une glace en pied qu'un couturier cherche à juger de son travail. Sans doute parce que la profondeur de la glace ajoute de l'espace entre lui et ce qu'il maintient sur le corps du mannequin – le seul défaut d'un mannequin vivant, c'est qu'on ne peut y enfoncer des épingles ! –, mais aussi parce que le « froid » du miroir ajoute une distance qui lui permet de porter sur ce qu'il fait un regard critique.

Le mannequin aussi considère son propre reflet dans la glace, mais c'est pour rectifier sa pose, non pour juger de la robe. Jamais son regard ne croise celui du maître, ils n'ont rien à échanger de cette façon-là.

Les témoins de ces longues, interminables scènes d'essayages peuvent même se dire qu'ils sont « en froid », tant le couturier a peu l'air de se soucier de la personne de son mannequin. Il la traite véritablement comme une femme-objet – et le mot « femme » est quasiment de trop !

Mais elle ne se fâche pas, ne s'affecte pas, et c'est cette infinie capacité d'endurance de la part de cette jeune femme nue, debout sur des talons-échasses, parfois dans les courants d'air, qui devrait alerter : si elle « tient », c'est donc qu'elle est soutenue ? Non par l'argent, un cachet ou un salaire parfois très élevés, comme le pensent les esprits superficiels, mais par l'invraisemblable courant d'amour qui passe entre elle et le créateur. Un courant érotique, quoique d'une nature singulière.

La femme-mannequin se sent voulue, désirée jusqu'au moindre bout de son anatomie par quelqu'un qui n'arriverait à rien sans elle, qui ne le lui dit pas mais le lui prouve.

Quand le couturier n'a pas « son » mannequin, il est déboussolé, désespéré, réduit à l'impuissance, et qu'on ne s'y trompe pas : c'est elle ou personne !

Pour Ludovic, c'était Ella ou rien.

C'est le jour où la jeune femme, dans les tout débuts, dut partir assister sa mère accidentée, que la maison découvrit soudain la place qu'elle avait prise auprès de Ludovic : il n'a pu travailler. Il a tourné en rond. Il s'est énervé. Tout le monde a écopé.

C'est Jean qui prit sur lui de faire cesser cette déplaisante situation en allant récupérer Ella pour la ramener quarante-huit heures plus tôt que prévu. Ludovic lui en a été reconnaissant, la maison encore plus.

Jean, lui, n'a fait que hausser les épaules. Le jeune homme sait ce que vaut la reconnaissance de Ludovic. (Comme de tous ceux qui ne vivent que pour leur œuvre.) Il n'ignore pas non plus de quoi est fait le besoin, qu'on pourrait croire « organique », qu'a Ludovic d'Ella.

En fait, même si Jean n'y réfléchit pas, il sait parfaitement que plus Ludovic a besoin d'Ella pour travailler, plus il la déteste !

C'est pourquoi Jean n'est pas du tout jaloux d'Ella. Tout ce qu'il lui demande, c'est de remplir son rôle, et, pour cela, d'être à la fois présente et transparente.

C'est là où le métier de mannequin réclame de la force d'âme !

À vrai dire, aucun mannequin n'est capable d'un tel renoncement toute sa vie : cela dure deux, trois, cinq ans, puis elles commencent à ruer dans les brancards, à réclamer du « temps pour elles » (« Mais, ma pauvre fille, qu'est-ce que c'est que ça, "toi" ? Tu n'es rien sans moi », songe malgré lui le couturier), le droit de faire des enfants (« Tu as envie d'être grosse ? Vas-y, mais alors bye-bye ; moi, les gros ventres, ça ne m'inspire pas... »), et même celui – sacrilège ! – d'avoir et d'exprimer un jugement à propos des vêtements qu'on lui met sur le dos !

En somme – les féministes seraient contentes – la voilà qui commence à dire : mon corps est à moi !

La révolte d'Ella entre donc dans un cadre prévu.

À ceci près qu'Ella n'est pas un mannequin ordinaire : elle est devenue une vedette ! Cela s'est fait pour toutes sortes de raisons. Les médias, en développement croissant, consomment de plus en plus d'aliments. Non seulement ils couvrent les collections au moment de leur sortie, mais il leur faut un flot ininterrompu d'informations entre-temps : où va la mode, qui la fait, qui la porte, surtout que se passe-t-il dans ces lieux mystérieux et strictement fermés au public que sont le studio et les ateliers d'un grand couturier ?

Rien n'attire autant le public que le dévoilement du peu qui, de nos jours, reste encore « privé ». Or les milieux de la haute couture – pour des raisons professionnelles – sont un club où n'entre pas qui veut ! Et surtout pas la presse.

Comme il faut bien, pour ne pas trop indisposer le monstre, lui jeter de temps en temps un os à ronger, Ludovic, qui déteste parler de ce qu'il fait à des gens qui ne sont pas du métier, a pris l'habitude de leur envoyer Ella.

N'est-elle pas, par son apparence, la meilleure représentation de son savoir-faire ? Sa carte de visite, en somme ?

Qui voit Ella, doit-il penser, n'a pas besoin de plus pour être informé du style de la maison Saint-Monge et de la mode en cours.

Ni blonde, ni rousse, Ella est de ce châtain brun qui est celui de la majorité des Françaises, et Ludovic est heureux qu'il en soit ainsi. Grande sans excès, mince mais non squelettique, la jeune femme incarne l'un des types les plus courants dans notre pays : la Limousine, par exemple, ou la Landaise, grandes filles qu'on ne remarque pas particulièrement dans la foule, mais qui montent souvent sur le podium lorsqu'il s'agit d'élire une miss régionale ou nationale.

Reste à la « sculpter », cette femme, c'est-à-dire à extraire d'elle toute la beauté en puissance, pour en faire ce personnage éblouissant qui témoigne – au premier chef – de l'art d'un couturier !

Il a suffi à Ludovic de deux ou trois saisons. Sans toucher aux coloris naturels d'Ella, par exemple, il les a mis en relief ! Soignés, ses cheveux sont devenus d'un brun profond, contrastant avec la blancheur lumineuse d'une peau nacrée à laquelle tout soleil est interdit.

Les yeux, maquillés par l'un de ces grands experts qui redessinent littéralement un visage sur un autre – selon un art très ancien issu en droite ligne de celui des primitifs qui savaient faire surgir le Dieu de la chair d'un homme –, ont pris une ligne oblique, spécifique aussi. Allié à un petit nez habilement affiné par la chirurgie esthétique, l'ensemble donne au visage d'Ella cette expression spirituelle qui attire encore plus que la beauté.

La mode, ces années-là, est aux rousses, ou alors à ces divines métisses dont la silhouette faite pour la fuite et le combat excite notre animalité la plus profonde.

Or, à côté de ces biches, de ces antilopes aux pattes fines et aux longs cous battants, Ella incarne toute l'esprit de notre civilisation, plus particulièrement de la France, celle de Marivaux.

Quoi de plus séduisant qu'une Vénus marivaudante ?

Les journalistes ne s'y trompèrent pas : le public allait adorer.

Il adora.

D'autant plus que s'il y a des bataillons de femmes sublimes aux peaux ambrées, aux ondulantes chevelures vénitiennes, ou alors à peine nubiles – on les prend de plus en plus jeunes dans les médias, boutons de roses si peu éclos qu'on en vient parfois à se demander ce que font les juges chargés de protéger l'enfance –, il n'y a qu'une Ella.

Prototype de l'Ève future, fabriqué à partir d'une femme banale, totalement recréée dans le studio de Ludovic Saint-Monge selon son bon plaisir, à son seul désir.

Les bijoux, les chaussures, les sacs, le parfum, tout est signé Saint-Monge, et plus Ella prend forme, plus Ludovic, comme un orfèvre qui enrichit sans cesse un bibelot précieux, invente de raffinements destinés à parfaire et accentuer son style.

Coups de ciseaux après coups de ciseaux, coups de patte après coups de griffe, le couturier finit par faire d'Ella, consentante, l'emblème unique et absolu de la maison Saint-Monge.

Imprudence !

Même un mannequin est une femme.

Et une femme reste une femme.

Or Ludovic et Ella ne sont pas mariés. Encore moins amants. Ni même amoureux.

Alors, qu'est-ce qui les lie, sinon un contrat de travail ?

Et qu'est-ce qu'un contrat de travail dans ce fabuleux domaine, celui de la création, qui échappe à toutes les règles ?

Ludovic Saint-Monge feuillette machinalement le dossier de photos qu'on vient de lui soumettre par *Vogue*, lorsqu'il s'arrête soudain sur un cliché.

– Mais qu'est-ce que c'est que ça ?

– Les dernières photos de Lara pour *Vogue*.

– Ça, là !

Jean se penche par-dessus son épaule.

– C'est Ella, dans l'ensemble de surah mauve…

– Tu ne remarques rien ?

Il n'y a décidément qu'un créateur pour *voir* ; tous les autres font semblant. Après l'avoir constaté une fois de plus – avec lassitude et orgueil –, Ludovic explique :

– Les bijoux ne sont pas ceux de la collection !

Jean prend le cliché en main :

– Mais tu as raison – comme si Ludovic pouvait avoir tort ! –, elle porte une croix de Lorraine au cou, et qu'est-ce que c'est que ce bracelet composé de pièces d'or, c'est affreux !

Ella, convoquée, déclare simplement :

– C'est à moi !

Ludovic continue de considérer les photos.

– Et pourquoi n'as-tu pas noué le col du corsage nervuré ?

– Je trouve que ça fait plus relax…

Rien que le mot « relax » donne la chair de poule à Ludovic ! Mais le fond du problème n'est pas là :

– Ella, ne t'ai-je pas demandé, quand tu poses, de présenter les modèles exactement comme pour la collection, avec tous leurs accessoires ? Et dans l'esprit du défilé ? C'est Lara qui a voulu y mettre du sien, je parie ?

Mais Ella ne saisit pas l'excuse au vol.

– Pas du tout, c'est moi. D'ailleurs, je me plais beaucoup sur ces photos.

La foudre tombe silencieusement sur le studio.

Ludovic s'aperçoit soudain qu'Ella a légèrement changé sa couleur de cheveux ; un rinçage, sans doute : ils virent vers le blond.

– Qu'est-il arrivé à tes cheveux ?

La jeune femme palpe ses mèches courtes avec une sensualité qu'elle ne montre pas d'habitude :

– Qu'est-ce qu'ils ont, mes cheveux ? Ah oui, je les laisse un peu pousser…

– Je parle de la couleur !

– C'est mieux, non ? J'ai envie d'être blonde. À ce propos, je me suis commandé des lentilles, un procédé tout nouveau : elles donnent les yeux verts même aux yeux bruns. Les yeux verts, ça a toujours été mon rêve !

– Est-ce moi qui rêve ? demande Ludovic en se tournant vers Jean, lequel demeure figé, muet.

L'affaire dépasse ses compétences, a tout de suite estimé l'assistant. Ludovic lui-même hésite sur la façon de reprendre la situation en main.

Il décide d'user de la manière raisonnable, et c'est avec un grand calme qu'il déclare :

– Je préfère, Ella, que tu restes comme tu es.

Pour montrer ce qu'il entend par là, il déchire d'un geste ostentatoire le paquet de photos et les jette au panier.

Puis, le menton dans une main, assis derrière son bureau, Ella debout face à lui, il la détaille. Comme s'il la voyait pour la première fois. (C'est peut-être vrai !)

Ella pâlit : en déchirant les photos, c'est comme si le couturier l'avait mise elle-même en morceaux. Et maintenant, ce regard… estimatif, presque dédaigneux ?

Ça n'est pas comme ça, d'habitude, que les hommes la regardent ! Pour qui se prend-il, celui-là ?

– J'ai tout de même le droit…, commence-t-elle d'une voix de tête.

Elle a attaqué dans un registre trop aigu et cela fait nana, bonne femme. Ella le sent et s'interrompt ; elle va pour reprendre un ton plus bas.

– Non ! la coupe Ludovic.

Le mannequin a tellement l'habitude de se plier au moindre mot du patron, qu'elle tend malgré elle l'oreille.

– Tu n'as aucun droit, ajoute Ludovic en baissant encore le ton.

Obéi à peine a-t-il commandé, parfois même avant, le grand couturier a coutume de murmurer des mots à peine audibles, ce qui renforce encore son autorité.

Il n'y a que les très grands patrons pour exprimer leurs volontés à voix si basse qu'on est obligé de retenir son souffle pour les percevoir. Ce que tout le monde a intérêt à faire.

– Mais…, commence Ella.

– Tu vas te rendre immédiatement chez le coiffeur, et Jean va appeler Lara : vous recommencez les photos cet après-midi. Ou demain, si Lara n'est pas libre. Ou cette nuit. J'ai besoin de toi après-demain à dix heures pour la prochaine collection : Lucienne aura monté les premières toiles.

« Je l'adore quand il est comme ça », pense Jean, subjugué.

Quant à Ella, croisant violemment sa blouse de travail sur son corps nu – la nudité n'est pas la meilleure tenue pour tenir tête à quelqu'un –, elle sort en claquant la porte.

Aussitôt après, les éclats de voix commencent.

Au début, elle se contente de crier et de pleurer, ce qui n'a pas grande importance, puisque, pour le reste, elle fait ce que lui demande Ludovic. Lara a repris les photos sur lesquelles Ella, parfaitement Saint-Monge, se révèle sublime.

En un tournemain, Camille lui a redonné sa coupe et sa couleur initiales, les lentilles de contact n'ont pas fait leur apparition, et la bimbeloterie personnelle d'Ella est retournée au tiroir.

Extérieurement, elle est à nouveau l'incarnation à l'identique, invariable, de l'esprit Saint-Monge.

C'est ce que la maison a commencé d'appeler son « caractère » qui a changé : Ella ronchonne. Pendant qu'on l'habille, quand on la coiffe ou la maquille. Au début, cela ne sort pas de la cabine et des couloirs. Puis elle ronchonne aussi devant les photographes, et se met à marmonner dans les coins du studio.

Comme Saint-Monge, attelé à sa collection, fait semblant de ne pas entendre – ce qui ne signifie pas qu'il n'en est pas irrité –, peu à peu Ella passe à l'acte : elle n'est plus sous sa main.

Ludovic, quand il la veut, doit lui faire signe. Elle arrive en trébuchant, ôte une chaussure, se frotte la plante du pied d'un air qui signifie : « Depuis que je suis debout, je commence à avoir mal ! » Et même : « J'aimerais vous y voir, à ma place ! »

Il est vrai que sa place n'est pas commode. Mais tout le monde le sait depuis toujours, et ce qu'on appréciait justement chez Ella, c'est qu'elle semblait parfaitement s'en accommoder !

Sa qualité, qui peu à peu avait fait sa gloire, c'était d'arriver à conserver une humeur égale, un sourire exquis après des heures de travail, et même s'il lui fallait repasser pour la troisième fois de la journée un essayage que Ludovic, qui ne s'en sortait pas – c'est ainsi, en couture : un travail opiniâtre, et non pas la réussite triomphale à chaque seconde –, finissait par rétablir exactement comme au départ !

À ce moment-là, qui achevait de mettre à l'épreuve les nerfs de tout le monde, premières comme ouvrières, Ella avait l'habitude d'afficher son plus radieux sourire et trouvait même une petite phrase qui paraissait sortir du fond de son cœur : « C'est magnifique ! Sublime ! »

Ce qui aidait les techniciennes à se convaincre elles-mêmes – et il y a des cas où ce n'est vraiment pas facile ! – qu'elles n'avaient pas travaillé pour rien !

Tout le monde, sans le formuler, lui en était reconnaissant.

Désormais, Ella non seulement n'encourage plus personne, mais pousse des soupirs à fendre l'âme.

Aucun contrat n'interdit de pousser des soupirs. Ni de passer d'une jambe sur l'autre, ni même de s'appuyer, l'air de rien – mais tout le monde le remarque – à la cloison.

Rien n'est plus contagieux que les manifestations de l'épuisement. Surtout quand on l'éprouve soi-même et, pendant la collection, au bout de plusieurs semaines, toutes les premières sont à bout. Elles préféreraient l'oublier, mais Ella le leur rappelle sans cesse.

Même Ludovic commence à se sentir fatigué quand il la voit, des mèches sur le front, les yeux cernés – aucun contrat n'exige d'un mannequin qu'elle soit impeccablement apprêtée pendant les heures d'essayage –, et fermant par moments les paupières.

La guerre est déclarée.

On ne devient pas un grand, un immense couturier si, sous une sensibilité à fleur de peau, on ne possède pas des nerfs d'acier.

Ludovic a commencé sa collection sur Ella, il est bien décidé à la terminer sur elle. Elle veut le pousser à bout ? Il tiendra… jusqu'au bout !

Ce que voyant, Ella augmente la pression.

Elle commence, horreur, à arriver en retard, de plus en plus tard. Jean est chargé de l'admonester, et même, tout bonnement, d'aller la chercher.

Les premiers matins, Ella, ravie d'être traitée en reine à qui l'on dépêche une escorte, hâte un peu le mouvement. Un matin, Jean reste près d'un quart d'heure à carillonner chez elle, jusqu'à ce qu'Ella, en peignoir, grise, défaite, vienne lui ouvrir : « Enfin, que se passe-t-il, il y a le feu ? »

Jean se retient pour ne pas lui envoyer une baffe, mais Ludovic a toutes les robes noires à essayer ce jour-là et il se force à lui faire le plus grand, le plus large, le plus meurtrier de ses sourires :

– Ludovic a besoin de toi, Ella.

Puis il entre dans l'appartement, s'asseoit, attend.

Il finit, bien sûr, par la ramener, et les robes noires sont essayées. Elles sont si belles, si nouvelles de coupe et même de matière – un crêpe inédit que Ludovic a obtenu de ses soyeux – qu'Ella, malgré elle, se prend au jeu. Elle suit le travail avec intérêt, aide le créateur par ses poses, et la journée se passe plutôt bien.

Jusqu'au soir.

Ludovic, si contrôlé quand il le veut, s'apercevant que Mme Lucienne a du mal à ajuster un drapé, lance d'un air négligent – pas possible qu'il ne l'ait pas fait exprès, se dira plus tard Jean :

– Tu n'as pas un peu grossi, Ella ?

C'est la tempête. Le mannequin arrache plus qu'elle n'ôte la robe et hurle sa fureur :

– Grossir ? Avec la vie que je mène ! Je voudrais bien savoir comment je m'y prendrais ! Qu'est-ce que j'ai mangé à déjeuner, moi ? Pas même un yaourt…

Comme elle est arrivée à midi trente, il est exact qu'elle n'a pas déjeuné.

– C'est l'atelier qui s'est trompé dans les mesures, et voilà ! Comme d'habitude, on me met tout sur le dos !

Cherchant une phrase encore plus assassine, elle jette à l'assistance qui ne bronche toujours pas :

– Comme s'il ne suffisait pas que j'enfile tous ces oripeaux !

Elle a ramassé sur la moquette, où Lucienne, manquant de place, les avait déposées, les trois dernières robes noires qu'elle lance en l'air d'un air vindicatif avant de quitter le studio.

Ce qui déplaît souverainement à Ludovic, c'est qu'on traite ses derniers modèles d'oripeaux devant son personnel.

Jean est chargé d'organiser la vengeance.

Elle est simple, si évidente que tout le monde se demanda par la suite comment Ella avait pu ne pas y penser, et donc ne pas se prémunir.

La collection, pour toutes la Maison, c'est à chaque fois la gloire en marche. Au début, le couturier cherche encore ce qu'il appelle « ses couleurs », et aussi « sa silhouette ». Il hésite, tâtonne, recommence et peu d'ateliers – s'il en possède plusieurs – sont concernés. Ni toutes les ouvrières : une partie d'entre elles s'occupent encore des clientes.

Peu à peu, la collection prend forme, se développe et, bientôt, envahit tout : il n'y en a plus que pour elle non seulement dans les ateliers, mais aussi dans les têtes. Les ouvrières, accablées d'heures supplémentaires, y pensent jour et nuit ; quant au créateur, il fait plus que vivre plongé dans son travail, il en est complètement halluciné.

Quand Jean parvient par miracle à emmener Ludovic prendre un bref repas hors de la maison, à la brasserie de l'Alma, par exemple, Ludovic dessine sur la nappe, regarde les femmes qui passent, se fait des remarques à lui-même, considère n'importe quoi : les feuilles, les colonnes Morris, le trottoir, les chiens, et en tire des « idées ». Sur les matières, les lignes, les couleurs, les formes... Soudain il se lève comme un fou, sans prévenir Jean qui n'a plus qu'à régler l'addition derrière lui et à le rejoindre au studio où, déjà, Ludovic donne des ordres pour revoir un essayage et tout y changer.

Cette obsession a ceci d'extraordinaire qu'elle est respectée. C'est sans un mot, sans une plainte que Mme Lucienne, Mme Henriette ou M. Charles débâtissent dans l'instant, à brefs coups de ciseaux, un modèle sur le point d'être terminé, dès lors que M. Saint-Monge en fait la demande. Ou même le suggère.

– Vous ne trouvez pas, madame Lucienne, que la ceinture fait trop de volume ? Il me semble qu'elle épaissit un peu...

– Voyons cela, dit Mme Lucienne.

Et, sans que Saint-Monge ait à insister, voilà la ceinture à bas ! Mme Lucienne tente de la remonter, certaine qu'au bout de quelques minutes, c'est Saint-Monge lui-même qui se mettra à l'ouvrage pour nouer la ceinture autrement, ou même y renoncer.

– Vous ne trouvez pas que c'est mieux sans ? demande-t-il alors.

– Bien sûr…, acquiesce Mme Lucienne qui, tout au fond d'elle-même, n'a pas vraiment d'opinion.

Sinon, n'est-ce pas, elle serait créatrice ! Tous ceux ou celles qui en ont la fibre quittent un jour leur « maître », l'« ancêtre », comme dit le grand Saint Laurent parlant de Balenciaga ou de Dior, auprès de qui ils ont appris la couture.

Heureusement, dans les ateliers, il y a aussi plein de gens qui, tout en ayant la passion de la couture, ne se lanceront jamais dans la création… Ce sont eux, les piliers de la maison.

À chaque collection, une fièvre les prend, qui culmine le jour du défilé. Ce jour-là, jusqu'à la dernière apprentie, plus personne ne touche terre. Yeux cernés, joues tachées de rouge, mains agitées, le personnel entier attend. Certains, les privilégiés, ont le droit d'aller sur place aider à l'habillage des mannequins ; les autres, cantonnés dans les ateliers, se rongent les sangs.

Elles savent, ces femmes inspirées, qu'elles ont confectionné des merveilles, des rêves parfois si féeriques que le plus blasé des publics, à leur apparition, ne peut s'empêcher de pousser un « oh » de surprise et d'admiration.

Elles aimeraient entendre ce « oh », rien que ça, et toutes leurs peines seraient récompensées. Amplement payées de retour.

Elles ne peuvent qu'attendre les autres qui vont revenir leur annoncer :

– C'est un triomphe !

– Et la robe jaune et noire ? Qu'ont-ils dit quand on a présenté la robe jaune et noire ? demande l'ouvrière qui l'a faite.

Chacune a ses modèles. Pour les uns, le succès est assuré d'avance, mais il y a les autres, ceux qu'on qualifie de « difficiles » pour éviter de dire qu'ils ne sont pas tout à fait réussis, qu'il leur manque quelque chose, que le couturier a laissé son idée à l'état d'ébauche – ce sont ceux-là, souvent, que les ouvrières préfèrent, comme on aime plus encore un enfant souffreteux.

Quand on leur dit que ces modèles-là ont quand même été applaudis, quelle joie ! Elles savent d'ailleurs que le mannequin qui les a présentés n'y est pas pour rien, car un mannequin, quand elle y est déterminée, peut « enlever » la robe la plus « difficile » et la porter au pinacle. Elle la passe sur un rythme différent, plus lent, comme inspiré, elle se concentre pour laisser entendre que dans cette robe on est une femme à part, hors du commun, souveraine, et la robe s'envole !

Ella connaît à fond tous les trucs du métier, elle a partagé la fièvre, l'émotion, vibré aux applaudissements, puis reçu – au retour du défilé – les remerciements, accompagnés de pleurs de joie, des ouvrières.

Tout alors est oublié : les heures debout, les nuits d'insomnie, les angoisses, les engueulades, les nerfs qui lâchent... Il n'y a plus que ce bonheur inouï d'avoir une fois de plus, une fois encore épaté le monde ! Les gens les plus difficiles, les plus avertis, les experts consommés en haute couture du Tout-Paris, et, à leur suite, ceux du monde entier.

Le lendemain, on guette les journaux, et quand, dans un article ou un autre, Ella voir apparaître son nom, toujours assorti d'un commentaire extrêmement favorable, le roi n'est pas son cousin.

On peut penser qu'une actrice aussi bénéficie de ce bonheur, et même beaucoup plus souvent et de façon encore plus personnelle. Être Garbo, Dietrich, Moreau, c'est quand même autre chose qu'être un grand mannequin ! C'est vrai ; toutefois, à la haute couture s'attache une réputation de raffinement, d'éclectisme, d'inaccessible, qui met une telle femme totalement à part. Un grand mannequin est encore plus femme, semble-t-il, qu'une grande actrice, laquelle manifeste toujours, pour peu qu'elle mène fermement sa carrière, quelque chose de sa virilité.

Un mannequin n'est que femme, totalement femme, soumise à l'homme qui l'habille, la modèle, fait tout pour elle. À preuve : elle est muette !

Les dernières grandes stars du muet, à notre époque, ce sont les mannequins.

Plus la collection avance, moins Ella a de crises de nerfs, subjuguée elle aussi par la naissance de ses somptuosités écloses d'un jour sur l'autre à partir d'un rouleau de tissu.

Maintenant, les couloirs de la maison froufroutent de merveilles parcourant les couloirs sur des cintres tenus à bras levé par des petites mains courant ici et là. La soyeuse armée des ombres se déploie, se multiplie, encombrant les ateliers, les escaliers, le studio, et plus personne, aucune cliente, aucun journaliste n'a le droit de pénétrer dans la maison qui travaille désormais à bureaux fermés.

– Comment est la collection, cette année ? demande-t-on à Ella quand il lui arrive d'aller faire une course dans son quartier, ou si quelque ami vient la chercher le soir pour l'emmener brièvement dîner.

Ella met un doigt sur ses lèvres, puis laisse tomber : « Sublime ! »

Elle aime le mot qui l'englobe elle-même dans une aura de mystère.

Et, au fur et à mesure que se fabriquent les robes, Ella devient stupéfiante : les pommettes plus saillantes sur des joues plus creusées, amincie de quelques grammes, grandie par la nécessité de redresser le buste, de serrer les fesses, de rentrer ce qu'elle a d'estomac. Oui, en même temps que les robes, Ella aussi devient sublime, et elle adore ça !

Quelle femme n'en serait pas grisée ?

Le mannequin maison, celui sur lequel le couturier a créé la plupart de ses robes, sinon toutes, présente la collection en même temps que les mannequins temporaires, embauchées à prix d'or pour l'occasion.

Le moment délicat est celui où le couturier prépare ce qu'il appelle ses passages : l'ordre dans lequel défileront ses modèles et sur qui. Il le fait dans le secret de son studio, avec son seul assistant.

Tel modèle est pour Allison, tel autre pour Eva, pour Sylvie, pour Indra... Ceci, en fonction des coloris d'une jeune femme, de sa façon de marcher, de tourner, de sourire. De son charme ou de son allure. Chacune a son style, chacune porte mieux tantôt les tailleurs, les robes d'après-midi ou les robes du soir.

Il est rare qu'un mannequin – c'est pourtant le cas d'Ella – couvre toute la gamme ! Ce qui fait que celle-ci était tranquille : elle savait que Ludovic lui réserverait des modèles dans toutes les catégories.

En plus, elle avait le privilège incontesté d'« ouvrir » le défilé en présentant le premier modèle, celui qui est conçu pour offrir la « somme » de la collection, sa ligne. Elle savait aussi que lui revenait de droit la robe de mariée, ce moment de poésie pure qui signifie, d'une certaine façon, que le mannequin et le couturier – sorti des coulisses pour venir la rejoindre – sont en quelque sorte unis pour le meilleur !

Combien de fois Ella a-t-elle ainsi épousé Ludovic sur le podium ? Elle n'a pas compté, mais tous deux, comme la première fois, en avaient chaque fois les larmes aux yeux.

C'était à la fois beau et irréel : un instant d'éternité, l'essence même des épousailles. Ou de ce qu'elles devraient être.

Ce qui fait qu'Ella, les derniers jours, a complètement oublié sa révolte d'il y a quelques semaines : elle est plus Saint-Monge que jamais. Attendant avec impatience, fébrilité, le grand jour – celui de son assomption dans les dernières créations de Ludovic, puis à son bras.

Mais Ludovic, lui, n'a rien oublié.

Surtout pas le mot « oripeaux ».

En période de création, un couturier n'est jamais tout à fait sûr que ce qu'il drape à sa fantaisie, dans une totale liberté d'invention, sur un corps de femme qui s'y prête sans protester, n'est pas, tout compte fait, un « oripeau » ! (D'ailleurs, certains le sont, pense-t-il, surtout chez ses concurrents !)

En dépit de sa gloire, des flots incessants de compliments, de l'adulation journalière que lui prodigue sa « cour », il s'attend toujours à ce que quelqu'un, dans l'assistance, se lève pour s'écrier : « Le roi est nu ! » (D'où le soulagement des créateurs de la couture depuis que les défilés sont devenus des *shows* : grâce au déluge de décibels, toute exclamation est couverte.)

« Oripeaux », murmure de temps à autre Ludovic entre ses dents.

Jean a été chargé de trouver une fille exactement de la taille, des mensurations et des coloris d'Ella. Elle s'appelle Yolande, elle est poitevine. Inconnue jusque-là.

Après la fermeture, même tardive, Jean, muni de sa clé, retourne chez Saint-Monge avec Yolande et lui fait passer les modèles en principe destinés à Ella. La jeune femme défile dans le grand salon sous le regard critique de Jean qui lui prodigue ses conseils.

Ludovic, trop fatigué pour assister à ces répétitions clandestines, fait entièrement confiance à l'assistant. S'il n'est pas créateur, celui-ci a l'œil si froid, quand il s'agit des femmes, qu'il est parfaitement fiable en matière d'esthétique. Yolande, entraînée par Jean comme un cheval de concours, sera parfaite. Remplacera-t-elle Ella ? Ludovic est trop en colère pour s'en soucier. Il a aussi le sentiment de faire œuvre pie : s'il n'y a pas quelqu'un pour écraser dans l'œuf la révolte de Spartacus – que sont les mannequins, sinon les derniers esclaves modernes ? –, où ira la haute couture ?

Reste à annoncer la nouvelle à Ella.

Au dernier moment, Jean se sent le cœur barbouillé et, quand Ludovic, la veille de la collection, convoque enfin la jeune femme, il trouve un prétexte pour s'éloigner.

Que se passe-t-il dans le studio ?

C'est sans un cri, sans un mot, mais pâle comme la mort, qu'Ella sort de la pièce quelques minutes plus tard. Elle ne dit rien, passe droite comme un spectre devant la première et les ouvrières qui attendent leur tour, leurs essayages sur le bras, entre dans la cabine, saisit au vol son blouson, son écharpe, d'un revers de bras fait glisser ses produits de beauté dans un fourre-tout, et s'en va.

Bruit, murmure, une phrase enfle, grandit, envahit toute la maison : « Ella ne passe pas la collection ! Ella ne passe pas la collection ! »

C'est sans appel.

Tout le monde le comprend tout de suite. Ludovic ne reprendra pas Ella, et Ella ne sera pas demandée par un autre couturier. Engager Ella, qui incarne officiellement la maison Saint-Monge, serait se placer au second rang, tenter d'accommoder les restes. Prendre le risque qu'on ne puisse plus prononcer un nom sans y associer automatiquement celui de Saint-Monge.

Chaque couturier se veut unique dans son style, sa manière de faire, sa marque, ses logos, son mannequinat vedette.

Si Ella ne peut plus être mannequin, elle peut encore être jolie femme. Mieux que ça, même, avec tout ce qu'elle a appris chez Saint-Monge sur la façon de se mettre en valeur.

Elle va essayer.

Reprenant sa révolte au point où elle l'a laissée, elle fait ce que font toutes les femmes qui n'ont pas un Pygmalion – la majorité d'entre elles –, elle cherche à se « créer » elle-même.

Elle désirait être blonde ? Elle se fait blonde. Adopte le port de lentilles qui lui font le regard vert. S'habille de façon décontractée, moins stylée mais plus voluptueuse : tissus à fleurs, fourrures non rasées, jeans, aussi, et vestes d'homme – en somme, au lieu de faire la mode, elle la suit.

Pourquoi pas ? À trente ans à peine, n'est-elle pas au sommet de sa beauté ?

On l'aurait pensé de toute autre femme.

Mais Ella a l'habitude d'être reconnue dans la rue. On lui disait avec respect et admiration : « Vous êtes Ella, n'est-ce pas ? Cela ne vous ennuie pas de me donner un autographe ? » Elle souriait, sortait son Parker en or, cadeau de Ludovic, griffonnait « Ella » d'une écriture gigantesque, et s'enfuyait dans un crissement de bas de soie – Saint-Monge a remis les bas de soie à la mode – en laissant derrière elle un sillage de parfum à tomber par terre (pour elle, le jus Saint-Monge bénéficiait d'un fixant spécial…)

Oui, et les gens tombaient par terre derrière Ella !

Ce jour-là, elle a beau descendre les Champs-Élysées dans son ensemble de piqué blanc, avec ce drôle de chapeau rétro sur le coin de sa chevelure blonde, personne ne lui demande d'autographe.

On la regarde, bien sûr, certains hommes la sifflent. Elle remonte lentement l'avenue Montaigne, fait une pause un peu longue devant les vitrines de la maison Dior. Les femmes entrent nombreuses, aucune ne se retourne sur elle, preuve qu'elle « n'intéresse pas ». Une femme sait très bien quand elle rend jalouse les autres femmes, et c'est le plus beau compliment sur son élégance qu'on peut lui adresser !

Troubler les hommes, pense-t-elle – à tort ? à raison ? – n'est pas difficile, les prostituées y parviennent rien qu'avec un bout de jupe et des jarretelles strassées. Mais faire se retourner les femmes les plus élégantes de Paris, voilà qui n'est pas à la portée de tout le monde et qui a été, pendant plus de trois ans, son privilège quasi exclusif.

Personne n'aime perdre ses privilèges – surtout ceux-là.

Devant le *Plazza* où elle songe entrer un instant pour prendre le thé – mais, seule, elle se sentirait abandonnée –, même tabac : pas un regard de femme !

Ella s'autorise quelques pas avenue George-V en direction de la maison Saint-Monge.

C'est là qu'elle reçoit le coup fatal.

Evvie, en compagnie de deux autres femmes, avance joyeusement sur ce large trottoir, haut lieu de l'élégance féminine ; quand Ella les aperçoit, elle veut traverser, mais trop tard. Les filles vont si vite qu'elles sont déjà à sa hauteur et, derrière elles, toutes les femmes se retournent pour juger, décortiquer, apprécier leur tenue.

Ella se demande ce qu'elle va pouvoir leur dire : qu'elle fait, ce qui est vrai, des essais pour le cinéma ?

Mais voici qu'elles la croisent sans même la remarquer.

– Tu n'as pas de nouvelles d'Ella ? demande l'une des filles à Evvie.

– Aucune, répond celle-ci.

– Mais que devient-elle ?

– Rien, répond Evvie. Normal, non, puisqu'elle ne passe plus la collection !

La dernière fois qu'on a vu Ella, elle descendait les marches du métro à la station Alma-Marceau.

– Beau brin de fille, a dit un client au marchand de journaux.

– Bah, a fait ce dernier, on n'a que des mannequins par ici ! Faut voir ce qu'il y a dessous quand on les déshabille…

– Je n'ai pas le temps, a lancé le jeune homme en remontant dans sa Porsche, son *Monde* sous le bras. Mais faudra que j'essaie un jour si ça se trouve…

Il n'y a que les couturiers pour aimer les femmes au point de leur consacrer tout leur temps. En fait, leur vie entière.

Mais ces maîtres leur demandent néanmoins une petite chose de rien du tout en retour : qu'elles se taisent !

Il n'y a pas que les femmes…

« Vous savez, par chez nous, il y a si fréquemment des catastrophes naturelles, genre séismes, cyclones, inondations, que nous déménagions sans cesse, ma famille et moi, et j'ai égaré toutes mes photos d'enfant… »

C'est ce qu'Alexia susurre chaque fois qu'un journaliste lui demande, pour compléter son reportage, des photos « d'avant ».

D'avant l'époque où, venue tenter sa chance à Paris – la seule ville, avec New York, où la beauté physique est mieux payée que n'importe quel autre talent –, elle avait quelque peu galéré, changeant sans cesse de *look*, avant de devenir Alexia.

On avait rarement vu, dans les annales du mannequinat, une fille aussi longue rester si longtemps aussi mince. Alexia semblait éternelle, comme l'est le diamant. Inoxydable, intemporelle, elle échappait aux lois humaines.

Telles étaient les phrases qui revenaient le plus souvent pour la qualifier, elle-même s'évertuant à entretenir le mythe :

– Je vous assure, à quinze ans je mesurais déjà un mètre soixante-quinze, j'ai pris mes derniers centimètres l'année suivante, et je pesais… laissez-moi me souvenir… eh bien, presque rien ! Mon père me traitait de bulle de savon, de ficelle – j'étais très souple, je faisais de la danse –, ma mère de fil de fer…

– Pas d'asperge ?

Alexia riait de toutes ses dents impeccables.

– Chez nous, il ne pousse pas d'asperges ; sinon, c'est sûrement ce que mes frères auraient dit !

– Et, dès que vous êtes arrivée à Paris, vous avez démarré comment ?

– J'ai sonné à la porte de la plus grande agence de mannequins, vous la connaissez, et ils m'ont retenue tout de suite…

– Ils vous ont fait changer votre *look* ?

– Oh, à peine ; un peu plus blonde, peut-être, mais ils se disaient ravis que j'aie gardé mes cheveux longs – je les ai toujours –, et ils appréciaient surtout que je n'aie pas un atome de graisse, pas l'ombre d'une trace de cellulite… Voyez vous-même !

Et de pincer la peau de son estomac – elle porte des hauts qui ne rejoignent jamais le bas – afin de prouver qu'en effet, son épiderme roule sous les doigts, sans le moindre capiton.

– Pourtant, je mange ce que je veux, quand je veux... Et c'est bien ce qui faisait peur à l'agence, au début : ils étaient convaincus qu'avec la bonne cuisine française que je découvrais, j'allais grossir à vue... Eh bien, non !

– Quelle chance vous avez ! soupire régulièrement la personne qui l'interroge, quand c'est une femme.

Le journaliste homme, lui, lorgne sur son décolleté – car elle a des seins, la maigre Alexia, deux magnifiques nénés bien rebondis, d'après ce qu'on en voit, écartés comme il convient : ni trop, ni pas assez...

Le journaliste voudrait bien poser la question : « Ceux-là aussi sont de naissance, ou ont-ils poussé plus tard ? »

Il n'ose pas.

Il est bien connu qu'aucune de nos grandes actrices ne s'est jamais fait tirer la peau, mettre des implants, fait refaire le nez – sauf Greco –, aspirer quelque bourrelet superflu...

Non, elles sont toutes telles que leur Maman les a faites.

Mais qu'Alexia, si grande, si mince, si blonde, soit sortie parfaite de son Sud natal, comme Vénus du coquillage que lui a fourni Botticelli, c'est trop dur à avaler !

Et d'abord, c'est une injustice !

– Vous croyez ? émet de son accent chantant la favorite des princes de la couture. La vérité, c'est que tout se paie. C'est un dur métier que le mien, dites-le à vos lectrices ! Se tenir des heures entières debout, immobile, parcourir des kilomètres de podium sur vingt centimètres de talons hauts… Après, je n'ai qu'une envie : rester au lit, mais pas question ! Les avions décollent à cinq heures du matin vers les pays où la lumière est bonne pour les photos, mais pas pour nous : il est interdit de sortir sans panoplie anti-UV – masque, chapeau, voilette, ombrelle…

– Si vous payez si cher le fait d'être belle, votre beauté aussi est chèrement payée, non ?

– Nous avons intérêt à engranger : une carrière de top-model est effroyablement courte…

Mais, pour Alexia, l'état de grâce durait.

Au grand dam de celles qui piétinaient derrière elle pour prendre sa place, mais à la satisfaction des chroniqueurs de mode qui aiment bien, dans ce monde, si changeant, voir se perpétuer certaines valeurs. Oui, depuis Chanel, le monde de la mode, dont chaque création meurt dans la saison – beaucoup de nouveaux créateurs également –, est reconnaissant aux quelques vieux grognards fidèles au poste. On applaudit la nouveauté, on a besoin d'excentricité, de remue-ménage – mais on adule et remercie l'intemporel.

Ceux qui savent garder « la ligne » comme des sentinelles une frontière : non, le changement ne passera pas !

Alexia faisait partie du lot de ces grandes figures inamovibles. Et elle ne voyait pas, plus, de moins en moins, comment elle pourrait jamais y échapper...

Pour la simple raison qu'elle n'avait pas d'image de rechange.

C'était la faute à son bien-aimé, à l'homme de son existence, rencontré lorsqu'elle approchait de ses trente ans ! Ébloui, subjugué, Steven l'avait traitée des noms les plus beaux : idole, souveraine, pharaonne... Cléopâtre n'avait rien été à côté d'elle, ni Juliette Récamier, ni la dame aux Camélias, ni Greta Garbo. Seule Ava Gardner lui était peut-être comparable, mais si abominablement brune... Noiraude, même, juste bonne à séduire les maquignons, les bétailleurs, les niqueurs de vaches folles !

Tandis qu'elle, Alexia, quel embrasement solaire ! Diaphane, en plus ! Comment pouvait-on être aussi resplendissante et ne pas peser plus qu'un flocon, un rayon de lune, un fil de la Vierge...

Enfin bon, elle l'avait épousé.

Ne fût-ce que pour entendre répéter tous les matins ce cantique des cantiques :

« Ma toute fine, mon épée de lumière, ma transparente, ma goutte de pureté… Je t'en prie, ne change jamais… jamais… »

Qu'auriez-vous fait à sa place ?

À son « âge » ! Nous n'en dirons pas le chiffre, mais il était suffisant pour que la plupart des jolies femmes, parvenues à ce cap, commencent à songer à la retraite.

À accepter le changement.

« Vous, Alexia, vous ne changerez pas, comptez sur moi ! » lui répétait Bernard, son chirurgien attitré, chaque fois qu'elle allait se faire combler une ride, retendre un bout de peau sous le bras, entre les cuisses… Points plus « sensibles » encore, chez les femmes, qu'un quartier déshérité !

Or, voici qu'un certain matin, Alexia, l'intemporelle, l'inoxydable, l'indétrônable en dépit de son âge, en vint à s'apercevoir, plus exactement à s'avouer que si elle-même ne changeait pas, son amant, de son côté, bougeait.

L'homme de sa vie, son chéri, son mentor, celui qui veillait sur elle depuis tant d'années comme si elle avait été une casserole sur le feu, était en train de muer !

Sensation étrange et même inconcevable : peut-on imaginer que ce soit Pygmalion qui se transforme, évolue en lieu et place de Galatée ?

Au début, par des détails imperceptibles qui n'étaient que d'ordre vestimentaire : Steven, lequel affectionnait jusque-là les couleurs quasi invisibles, le gris, le bleu marine, le noir, apparut en tweed tirant sur le violet, le bordeaux et même l'orangé.

Ses cravates aussi s'éclaircirent : roses, turquoises, chamarrées, puis soudain il n'y en eut plus : col roulé, T-shirt blanc sous la veste, et même marcel.

Certes, la mode masculine est en plein renouvellement et ne pas la suivre, ne serait-ce qu'un tantinet, refuser d'infléchir ses habitudes vestimentaires, c'est se vieillir d'entrée de jeu, passer dans le champ des ringards, des débranchés, bientôt des retraités hors-tout.

Que Steven, à peine « quinqua », ne consente pas à cette relégation était plus que normal : raisonnable. Et Alexia, qui en voyait quotidiennement de toutes les couleurs dans les studios des couturiers, dans les coulisses des podiums, du côté des photographes de mode, des coiffeurs, sans oublier les maquilleurs, les mannequins et autres satellites mâles de l'art du chiffon, les petites fantaisies que se permettait Steven passèrent d'abord inaperçues.

Elle s'amusa même à lui emprunter une veste, un peu trop grande pour elle malgré sa carrure, mais d'un chiné vert et bleu qui lui parut « genre », portée sur un top de soie mandarine. Puis elle lui piqua une écharpe frangée d'argent, puis...

– C'est à toi ou à moi ?

– Quoi, ma chérie ?

– Mais cet imper rayé noir et blanc ?

– C'est le mien, cela fait un moment que je le porte...

– Comment se fait-il que je ne l'aie pas remarqué ? Tu ne crois pas qu'il est un peu... comment dire ? Voyant...

– C'est toi qui m'as appris que « voyant » ne signifie rien en couture, du fait que tout l'est, voyant. Reste à savoir si c'est en bien ou en mal, beau ou laid, seyant ou pas, modé ou démodé...

– Juste !

Mais, tandis qu'elle se retrouve dans l'ascenseur avec Steven en tenue de zèbre et elle-même en peau de vache – l'imprimé alors « tendance » –, Alexia s'aperçoit qu'elle a omis de se poser une question : est-ce que ça fait vraiment mâle, ce zébré ? masculin ? viril ?

Est-ce que Steven, insensiblement, n'est pas en train de tourner à... que faut-il dire pour rester poli, neutre, bienveillant, quand on appartient au métier de la mode où l'homosexualité est souveraine, incontestée, incontournable... ? En tout cas, ne se discute pas...

Les filles, dans ces milieux-là, coudoient sans cesse des garçons efféminés et s'adressent à eux comme s'il étaient tous... eh bien, des copines !

Car il ne s'agit ni de coucher, ni de parler sexe, ni même de se demander auquel on appartient, ni si les autres sont ou non du même que le vôtre ; la seule chose qui compte, qui domine, qui fait loi, c'est la mode. L'art si féroce et si difficile de la mode.

Cette mode qui, tel Chronos, le Temps, dévore ses enfants, et aussi ses serviteurs. Lesquels avancent côte à côte, enchaînés l'un à l'autre, comme les damnés dans *La Divine Comédie* du divin Dante, la tête vissée à l'envers sur leur corps.

Les gens de la mode en font autant, qui vont vers le futur tout en fixant le passé, se coudoient tout en s'ignorant, s'utilisent sans se connaître. À longueur de jour, on entend des *chéri*, *darling*, *mon amour*, *ma poule*, et chacun de piocher à tour de rôle dans ce trésor d'épithètes selon les moments ou les besoins.

Cela donne des assemblages discordants tels que : « Mon chéri, tu fais dans le hideux aujourd'hui, il faut tout me débâtir... »

Ou alors : « Tu grossis, ma poule, tu m'atteins un 38, débrouille-toi pour me redonner un 36... »

Sans appel. Avec renvoi si l'on n'obtempère pas.

Ce qui fait qu'Alexia se sent désemparée face aux glissements vestimentaires de Steven : au nom de quelle norme, de quels principes récriminer ou même s'inquiéter ?

Son compagnon est « dans le mouvement ». Celui de tout le monde et de personne…

De même, lorsqu'elle le retrouve à l'aéroport, après être partie quinze jours faire des photos en plein désert – « Rien de plus génial qu'un fond d'erg pour présenter une collection de fourrures : le contraste est interpellant ! » avait décidé le photographe –, Alexia est tout de suite troublée par « quelque chose » sur le visage de son amant. La coupe de cheveux, un soupçon de barbe… ?

C'est lui qui prend l'offensive :

– Tu ne remarques rien ?

– Si. Enfin, non…

– Je me suis fait refaire le nez ! Ah, et ôter un peu de bajoues, pendant qu'on y était… *Il* a des mains d'ange !

– Qui ?

– Eh bien, Bernard, ton chirurgien. Il t'adore. Maintenant, je l'adore aussi. Je suis encore un peu gonflé, mais il m'a dit que dans trois mois, ce sera parfait. Pour la suite…

– Quelle suite ?

– Il voudrait me retouché le pli naso – et aussi me supprimer ma ride entre les sourcils…

Au nom de quoi s'insurger ? Il n'est pas le premier : tant d'acteurs, d'animateurs de télé, d'hommes politiques se font « toucher », comme on disait autrefois des bœufs qu'on menait à l'aiguillon...

C'est plus acceptable que « refaire ». Quant au vilain mot « tirer », il est complètement exclu.

Alexia était déjà passée par trois fois entre les mains de Bernard, et honni soit qui mal y pense.

D'autant qu'à part le fait que Steven faisait plus jeune, plus fringant, personne ne semblait rien remarquer. On disait seulement : « Comme il a bonne mine, en ce moment, on dirait que c'est lui qui est allé faire un petit tour au soleil plutôt que toi... Il t'a accompagnée ? »

Non, il était resté à Paris, couché dans un bloc opératoire, puis allongé devant sa télé, avec des lunettes noires et un chapeau pour se rendre le soir au cinéma.

Et le voilà sorti de son cocon, éblouissant tout le monde ! Hommes et femmes...

Bernard l'a souvent dit à Alexia : « Je fais ce que je peux. En réalité, je propose, et puis c'est la personne que j'ai *touchée* qui fait le reste... Avec certains, rien n'y fait, les traits retombent, l'expression de morosité l'emporte... Ce qu'ils sont à l'intérieur reprend immanquablement le dessus, et je n'y peux rien ! Ceux-là, je ne les opère pas deux fois, je sais que c'est inutile : ils ne seront jamais mieux... Mais il y en a d'autres ! C'est prodigieux, on dirait qu'avec quelques millimètres en moins par-ci ou par-là, ils trouvent enfin leur vrai visage. »

Cette fois, il est radieux :

« C'est le cas de votre Steven. Je suis émerveillé ! Mon meilleur sujet... Si j'osais, je lui demanderais la permission de montrer ses photos d'avant et d'après dans mes congrès ! »

Et d'en négliger qu'Alexia est revenue le voir pour lui parler de la peau sous ses bras qui a recommencé à fléchir, à se friper... Beurk !

Fatiguée, vexée, jalouse, peut-être, elle repart sans même lui en avoir causé. Renonce à l'opération. À tout futur embellissement.

Car Alexia ne se sent plus « soutenue » par personne dans son combat pour la beauté – ni par Bernard, ni par Steven. Fini, le cantique des cantiques : « Ma belle des belles, ma colombe, mon inaltérable, mon unique amour, ma divinité... »

Si Steven ne s'octroie pas ces épithètes à lui-même – pas encore ! –, il la convoque tous les matins pour qu'elle le contemple face à la glace et lui donne son avis :

« Tu ne crois pas, que ce serait mieux si je me faisais faire quelques implants de cheveux, là, sur les tempes ? Et le cou, il n'est pas question que je garde ce... cette pendouillerie ! Bernard va s'en occuper la semaine prochaine, mais, pendant qu'il y est, j'ai envie qu'il me gonfle un peu la lèvre supérieure, ça fera plus juvénile, qu'est-ce que tu en penses ? »

Le jour où son plus proche photographe, jusque-là si délicat, lui glisse qu'elle ferait peut-être mieux de ne plus arborer des décolletés profonds, ni de poser les bras nus, du fait que même avec les filtres il n'arrive plus à dissimuler ci et ça, Alexia ne dit mot.

Elle se lève, se rhabille, sort du studio pour ne plus jamais y revenir.

Trois mois plus tard, elle a pris dix kilos.

Agacée de se faire gentiment réprimander par sa masseuse, elle ne la voit plus et ne retourne pas davantage chez son coiffeur qui ne disait rien mais avait l'air d'en penser long, quand elle se mettait en combinaison pour enfiler le peignoir.

Elle laisse dès lors ses cheveux virer au poivre et sel.

Steven est le seul de son entourage à ne lui adresser aucun reproche, aucune remarque – en fait, à rester le même à son égard (les roucoulades en moins). Il la sort à son bras avec, semble-t-il, la même fierté, le même rengorgement…

Il arrive toutefois qu'il passe le premier pour entrer dans un restaurant, sous prétexte de lui tenir la porte, mais Alexia soupçonne que son objectif est de se faire voir, dans sa nouveauté, avant elle !

Afin d'apprécier – après tout, c'est normal, et ça le vaut – l'effet produit sur autrui par son *look* réaménagé.

Survient le jour fatal.

À peine sont-ils assis dans le grand restaurant où il a retenu une table pour qu'ils y fêtent l'anniversaire, si tendrement lointain, de leur première rencontre, que Steven se lève pour aller passer un coup de fil.

Le maître d'hôtel s'approche d'Alexia, lui sourit sans paraître reconnaître l'ex-reine de beauté – le couple n'est pas revenu dans cet établissement des Champs-Élysées depuis plus d'un an.

– Bonsoir, madame, voulez-vous commander tout de suite, ou préférez-vous attendre le retour de monsieur votre fils ?

Personne ne comprit pourquoi, cette nuit-là, Alexia, encore si belle, ayant tout pour vivre joyeusement son troisième âge, si chérie d'un amant qui ne la trompait pas, avala tant de comprimés dans la solitude de sa salle de bains.

À son enterrement, Steven, un mouchoir de soie roulé en boule contre ses yeux, arborait un costume d'un noir brillant, chemise blanche, cravate gris-bleu, sous une surabondante crinière d'un tonitruant blond roux.

Le Pygmalion avait réussi à faire de lui-même son nouvel homme.

C’est ma sœur !

– Tiens, Jeanine, puisque tu n’as rien à faire, finis-moi cet ourlet ! Ça va avancer Rose…

Mme Lucile, la première d’atelier, retire la grande robe de satin vert Nil à Rose, première main, pour la confier à Jeanine, également première main. Ça n’est pas vrai que Jeanine n’a rien à faire, toutefois il fait une chaleur épouvantable, en ce mois de juillet, et – tout le monde le sait dans l’atelier – Rose transpire des mains. Pas Jeanine.

En temps ordinaire, ce défaut n’a qu’une importance bénigne – Rose s’essuie fréquemment les mains, évite les émotions –, mais quand la température extérieure avoisine les 35 °C, inconvénient renforcé par le fait que l’atelier est sous une verrière, dès que Rose touche un tissu, elle y laisse une marque d’humidité catastrophique, surtout sur un matériau aussi fragile que le satin.

Rose en est consciente, Jeanine aussi, et ni l'une ni l'autre n'en font une histoire. Pendant que Jeanine apporte les derniers points à la sublime robe du soir vert Nil – « La couleur est assortie aux yeux de la cliente », a commenté la première au retour du premier essayage –, Rose surfile des boutonnières dans un tweed blanc et noir où ni l'eau ni la sueur ne laissent de traces.

Tout en s'affairant au petit roulotté qui ourle les dix mètres de l'ample jupe en biais, Jeanine rêve. Son geste, depuis le temps, est devenu mécanique : elle pince le tissu sur un centimètre et demi de large entre deux doigts de la main gauche, le roule du bout, aplatit le minuscule bourrelet de l'ongle de son pouce droit sur la table, le fixe sur lui-même de trois petits points d'un fil de soie ton sur ton pratiquement invisible. Et recommence plus loin.

On n'entend que le bruit soyeux du tissu qui se déploie à mesure. Un froissement doux, léger, celui que fera la robe quand la femme, entrant dans un salon, balaiera de sa jupe le parquet d'une salle de bal.

Bien sûr, après une seule soirée, ce bas de jupe sur lequel Jeanine se penche avec tant de minutie sera souillé, et la toilette bonne pour le teinturier. À moins que la cliente, déjà lassée du modèle, n'en fasse cadeau à sa femme de chambre qui, n'en ayant pas l'usage, la revendra à un soldeur. De fil en aiguille – c'est le cas de le dire ! –, on la retrouvera peut-être, usée et méconnaissable, dans un bordel ou même, dans la rue, sur le dos d'une prostituée, comme il arrive aux merveilles confectionnées par la haute couture – y compris celles qui sortent de ses mains à elle, Jeanine.

Elle le sait qu'elle travaille pour l'éphémère ! Cela ne la peine pas, au contraire : ça lui plaît. C'est même l'une des raisons pour lesquelles Jeanine a choisi la couture ; elle aime l'idée que ce qu'elle confectionne ne sera porté qu'une fois : c'est ce qui donne à son travail une allure de fête !

– On ne vit qu'une fois, lui arrive-t-il de dire ; comme les robes !

« L'eau ne coule jamais deux fois dans le même fleuve ! », lui répondait parfois Henri.

Jeanine le regardait sans bien comprendre. Souvent, elle ne saisissait pas ce que lui disait Henri, lequel préparait un concours pour devenir instituteur. Henri l'impressionnait, avec ses petites lunettes cerclées de fer, cette façon qu'il avait de sortir ce qu'il appelait une « citation », à propos de n'importe quel petit fait de la vie courante. Après qu'il l'eut quittée, même si elle s'était sentie triste, les premiers jours, tout au fond d'elle-même elle se trouva soulagée.

Plus rien ne l'empêchait désormais de se donner entièrement à sa seule, sa vraie passion : la couture.

– Je ne me fais pas de souci pour ma fille aînée, disait sa mère, Marie-Thérèse, parlant d'elle. Elle sera couturière ! C'est Colette qui m'inquiète...

Colette, sa sœur, si belle, avec ses cheveux blonds vénitiens, ses grands yeux clairs – tiens, du même ton que cette robe ! Enfant, il lui arrivait de s'asseoir sur la petite chaise à bascule, où elle seule était assez mince pour s'introduire, et de s'y balancer pendant des heures, sa poupée sur les genoux.

– À quoi tu penses, ma Lolette ? finissait par demander leur mère.

– À rien, laissait tomber Colette, quand elle répondait.

– Pourquoi ne t'occupes-tu pas comme ta sœur ? Regarde, elle a essuyé la vaisselle, lavé la salade, et maintenant la voici qui coupe une robe pour ta poupée ! Demande-lui donc de t'apprendre...

– Ça m'embête, marmonnait Colette.

– Mon Dieu, mon Dieu, soupirait la mère, que deviendra-t-elle plus tard ?

Elle était veuve, Marie-Thérèse, et avec ce que lui rapportaient ses ménages, elle ne pourrait pas, elle le savait, mener ses filles bien loin. Il leur faudrait se débrouiller seules, et le plus tôt serait le mieux...

À treize ans, Jeanine entra en atelier comme apprentie ; tout marcha si bien que, deux ans plus tard, elle était petite main dans une grande maison où elle obtint rapidement les félicitations de sa première. « Votre fille, madame Leblanc, je me la réserve ! Elle est douée, ce sera mon bras droit ! », disait Mme Lucile.

Dix ans après, c'est chose faite. À tout instant, dans l'atelier, on entend la voix de Mme Lucile : « Jeanine, viens donc voir par ici… »

Sa chouchou ? Oui, si on considère qu'abattre trois fois plus de travail que les autres est une forme de chouchoutage… Mais personne n'envie la place de Jeanine. « Un jour, tu me remplaceras, lui a dit Mme Lucile, ce sera pour quand je prendrai ma retraite. D'ici là, je te garde… »

C'est ainsi, dans la couture : si la première, votre chef d'atelier, ne veut pas vous perdre, elle se débrouille pour ne jamais vous nommer au grade supérieur, puisque c'est elle qui fait les promotions – comme ça vous restez dans son atelier. Ce qui fait que Jeanine, qui a pourtant la qualification d'une seconde d'atelier, reste première main.

C'est injuste – mais terriblement flatteur !

Jeanine s'en fiche, elle aime bien Mme Lucile, qui lui rappelle sa mère, morte si vite de sa maladie de ventre, et elle est contente de son sort. Être appréciée dans son travail, n'est-ce pas une forme d'amour ?

Son seul souci, par moments, c'est ce qu'a bien pu devenir Colette. Après l'enterrement de Marie-Thérèse, elle a disparu le jour même, avec le peu d'économies que la mère avait dissimulé dans la boîte en fer du café. Ça n'était pas beaucoup, et Jeanine lui en a d'autant moins voulu qu'elle-même gagnait sa vie.

Colette a aussi emporté les deux ou trois robes de Marie-Thérèse encore mettables, dont la dernière, celle en pongé dont la mère était si fière, car c'est Jeanine qui la lui avait faite. La première robe qu'elle eût entièrement réalisée elle-même, depuis la coupe jusqu'aux boutonnières.

D'une certaine façon, Jeanine s'est sentie flattée à l'idée que sa sœur ait trouvé sa robe réussie au point de… eh bien, de la voler !

Ce qui la peine, c'est de n'avoir plus jamais eu de ses nouvelles en l'espace de dix ans. Colette est-elle encore en vie ? La pauvre petite ne savait rien faire. Pourvu qu'elle n'ait pas roulé dans le ruisseau… Si elle était restée, Jeanine aurait volontiers continué à faire ce que faisait leur mère : elle l'aurait entretenue.

Car Colette était faite pour être entretenue. D'ailleurs, quand Marie-Thérèse était de bonne humeur, c'était ce qu'elle leur répétait :

– Mes deux filles, c'est le jour et la nuit ! L'une est une bonne travailleuse, l'autre est une bonne à rien, une gourgandine… L'une réussira dans son métier, quant à l'autre…

– Mais, Maman, moi aussi je réussirai ! Tu verras !

– Dans quoi, ma pauvre petite ? Tu ne sais rien faire de tes dix doigts. Tu n'as pas non plus ton certificat !

– Mais, Maman, objectait Colette, il n'y a pas que le travail pour réussir. Je t'ai vu t'escrimer toute ta vie ! Tu trouves que tu as réussi ?

– À vous mettre au monde, oui, répliqua Marie-Thérèse. Et si je pouvais vous voir casées, avec un homme ou avec un bon métier entre les mains, alors là, je trouverais que j'ai tout à fait réussi…

« Pauvre Maman, se dit Jeanine qui sent ses yeux s'humecter ; heureusement qu'elle n'est plus là : ce qu'elle s'inquiéterait ! »

– Tu as fini, mon petit ? lance par-dessus son épaule la voix autoritaire de Mme Lucile.

– Presque, madame, plus que dix centimètres…

– Bon, tu donnes vite un coup de fer et tu m'accompagnes au salon. Il paraît que la cliente veut passer sa robe une dernière fois. Elle a peur que l'ourlet godaille… C'est inévitable, dans ce biais !

Enfin, il vaut mieux que tu sois là pour voir par toi-même ce que tu peux faire… Ça va la rassurer !

– Bien, madame Lucile.

Jeanine est ravie. Toutefois, elle évite de regarder Rose : descendre au salon est une faveur pour une première main, d'autant plus qu'on reçoit parfois un pourboire ! Surtout, l'ouvrière a la joie de voir sa robe sur la femme destinée à la porter.

Or cette robe n'est pas celle de Jeanine, c'est celle de Rose qui l'a coupée, montée… Seulement voilà : Rose transpire des mains, et lui laisser toucher à la robe de satin vert Nil, maintenant, ce serait du massacre !

– Je suis pressée, madame Rolande, on m'attend chez Guillaume pour un dernier coup de peigne, et je veux auparavant aller m'acheter des gants du soir… Que fait donc l'atelier ?

– J'ai envoyé chercher, madame ; l'essayage descend immédiatement, répond la vendeuse.

Elle aussi s'impatiente : elles sont d'une lenteur, en ce moment… Il est vrai qu'il fait une chaleur d'enfer, surtout là-haut. Mais enfin, un essayage est un essayage, elles n'ont qu'à s'arranger, sinon c'est elle qui écopera des ennuis.

C'est la première fois que la richissime Mme de Clairevoie, une mondaine renommée, commande dans la maison. Il faut la satisfaire au maximum afin de l'enlever, si possible, à Léonay. C'est ce qu'a laissé entendre M. Valence, quand il a su que cette femme de choix venait voir sa collection. Mme Rolande en est d'autant plus d'accord que c'est elle qui bénéficie de cette nouvelle cliente : si elle ne la garde pas, il faudra qu'elle attende de nouveau onze tours – il y a onze premières vendeuses – avant de bénéficier d'une nouvelle arrivée ! C'est le règlement.

– Voulez-vous un verre d'eau ?

– Certainement pas, je veux mon essayage ! dit la ravissante blonde qui se lève vivement de sa chaise et fait le tour de la cabine en combinaison de soie rose, tout en s'éventant avec son petit canotier de paille noire.

« Quel corps ! se dit Mme Rolande, qui s'y connaît. Si Monsieur Valence la voit, il va adorer l'habiller. Nous devrions peut-être lui faire un prix pour son premier achat… »

Mais ça n'est pas l'argent qui intéresse Mme de Clairevoie, elle en a à revendre, il n'y a qu'à voir le format de ses bijoux ! C'est le temps…

Et Mme Rolande est sur le point de monter elle-même à l'atelier – Dieu sait si c'est haut ! – faire une scène à tout casser, quand survient Lucile, manifestement essoufflée d'avoir couru, et souriant de tout son dentier.

– Excusez-moi, madame, nous reprenions l'ourlet, il faut qu'il soit parfait. Dépêche-toi, petite !

Jeanine apparaît dans l'entrée de la cabine, son essayage sous housse sur le bras. Comme il fait bon ici, meilleur en tout cas que dans l'atelier, et c'est si parfumé ! Une fragrance mi-muguet, mi-jasmin, liée au musc ! Un parfum de grande classe.

– Vite, mon petit, vite, l'enjoint Mme Rolande. Madame est pressée, son bal est pour ce soir !

Jeanine se hâte de sortir la robe de sa housse et la prépare pour l'installer correctement, ce qui n'est guère facile. Le génie de Max Valence, le grand couturier de l'avenue Montaigne, est de multiplier les biais, les incrustations, les fermetures agrafées, les pans asymétriques qui se replient sur eux-mêmes et se nouent on ne sait plus où…

– Cela s'enfile par le bas, si je me rappelle bien, dit la cliente en ôtant soutien-gorge et combinaison.

Elle ne conserve que sa gaine-culotte, son porte-bas et ses bas. Tête baissée pour introduire l'un après l'autre ses pieds chaussés de légers escarpins dans l'entrebâillement de la robe que lui tend Jeanine et que Mme Lucile aide à maintenir, Mme de Clairevoie ne relève le visage qu'une fois la jupe remontée. Il reste alors – mais ça n'est pas rien – à ajuster le corsage.

Bousculant un peu l'ouvrière, la femme se plante face à la glace et c'est dans le miroir que Jeanine aperçoit son visage.

C'est incroyable ce que cette femme ressemble à Colette ! Ces yeux verts étirés en amande, cette bouche boudeuse, c'est tout elle, mais les cheveux sont plus clairs, plus mousseux, sans compter qu'elle est plus grande, plus mince, et infiniment plus belle !

– Le haut va, c'est la jupe : elle est beaucoup trop longue !

– Madame n'a-t-elle pas dit que ses sandales du soir ont quinze centimètres de talon ? interroge Mme Lucile.

– Ah, c'est vrai… Mais ça pend ! Tenez, voyez vous-même, là, à droite…

Ce n'est pas non plus la même voix ! Celle de Colette était traînante, un peu éraillée ; celle-ci est souple comme les ressorts d'une voiture de grand luxe. Et habituée à commander.

– Tu entends, dit Lucile à Jeanine qui demeure étrangement immobile à contempler le reflet de Mme de Clairevoie dans la glace. Ça gondole à gauche, mets des épingles !

Jeanine sursaute et examine son essayage : pas possible que ça pende, avant de descendre au salon elle a vérifié l'ourlet sur le mannequin.

– C'est l'agrafe qui n'est pas mise.

Une agrafe dissimulée sous le bras gauche et destinée à retenir l'un des panneaux : lorsqu'elle n'est pas en place, la jupe chute.

– C'est juste, dit Mme Lucile, agacée contre elle-même qui a laissé échapper ce détail capital.

Heureusement qu'elle a emmené Jeanine, cette petite est précieuse.

Une fois la robe convenablement ajustée, Mme de Clairevoie a beau tourner sur elle-même, se tordre le cou dans tous les sens, elle ne trouve plus rien à redire.

– Bon, dit-elle sur un ton grognon, cela pourra aller comme ça !

À croire qu'elle peut tout juste s'en contenter ! Sans doute la nouvelle cliente se dit-elle que si elle paraît trop satisfaite, la première fois, on cessera de s'occuper d'elle aussi parfaitement.

Un essayage, c'est toujours une lutte au couteau entre la cliente et les essayeuses ! Une fois de retour dans l'atelier, rien n'oblige les ouvrières à défaire et reprendre en fonction des épingles, n'était la peur de perdre la cliente... Celle-ci doit savoir entretenir l'effroi !

C'est éreintant.

Mais cette Mme Kyra de Clairevoie paraît experte en l'art subtil de se faire respecter dans une maison de couture, cela se sent tout de suite. « Derrière elle,

elle doit avoir des générations de femmes qui se sont habillées », pense Mme Rolande.

Tout en s'affairant à retirer la robe vert Nil, Jeanine continue à se sentir troublée : cette ressemblance…

Au moment où la cliente va pour extraire l'une après l'autre ses longues jambes de la robe, sa culotte de crêpe georgette se prend dans l'attache de la taille et descend un peu – oh, très légèrement. Cela suffit pour que Jeanine, qui l'aide, aperçoive un large grain de beauté au centre de la fesse gauche.

Le même que celui de Colette !

Son cœur se met à battre à toute volée. Deux femmes ayant le même grain de beauté en forme de poire au même endroit, cela n'existe pas ! Surtout lorsqu'elles se ressemblent à ce point-là.

Jeanine vacille sur ses jambes et Mme Lucile, percevant quelque chose d'insolite, lui lance un regard qui est un rappel à l'ordre.

Une ouvrière n'a à laisser paraître ni malaise ni état d'âme dans les salons ; si Jeanine ressent quelque chose, qu'elle attende d'être remontée à l'atelier.

C'est si impératif que Jeanine, qui a l'habitude d'obéir au moindre froncement de sourcils de Mme Lucile, plie la robe sur son bras et, sans un regard en arrière, quitte le salon, ou plutôt s'enfuit.

Cette précipitation n'étonne personne, l'heure est à la hâte.

À peine a-t-elle regagné l'atelier que Jeanine, une fois la robe déposée sur la table, s'effondre sur sa chaise, le souffle court, les jambes coupées.

– Que se passe-t-il ? demande Rose qui ne vivait plus, dans l'attente de leur retour. La robe ne va pas ? Tu t'es fait attraper ?

Jeanine se tait, livide, et Rose s'angoisse de plus en plus. S'est-elle trompée dans les mesures, va-t-il falloir tout refaire ? Ce serait un drame !

Moins rapide que Jeanine, Mme Lucile surgit à son tour :

– Enfin, Jeanine, que t'arrive-t-il ? Tu ne te sens pas bien ?

Jeanine a les yeux vagues, et Mme Lucile se dit : « Ça y est, elle va s'évanouir, c'est la chaleur ! »

Peut-être, aussi, l'excès de travail. M. Valence a décidé de faire une collection de demi- saison, cette année, et commence à donner quelques toiles à ses meilleurs ateliers, dont celui de Lucile, l'as du flou. Lucile s'en est déchargée sur Jeanine qui a fait des heures supplémentaires, la semaine dernière. La petite s'en est tirée à merveille, elle avait l'air toute contente – aussi de la rallonge de salaire.

Si maintenant elle tombe malade, voilà qui n'arrangera pas l'avancement du travail.

– Vite, quelqu'un, de l'eau de mélisse ! Et ouvrez donc la fenêtre ! dit Mme Lucile qui en est restée aux bonnes méthodes ancestrales. (Lorsque c'est vraiment grave, on envoie à l'infirmerie.)

– Pas la peine, souffle enfin Jeanine, la voix lointaine, comme si elle se réveillait d'une crise d'hypnose. Ce n'est rien. C'est seulement que…

– Que, quoi ?

– C'est ma sœur !

Elle s'est redressée et fixe celles qui l'entourent d'un air halluciné. Affolé, aussi, comme si ce qui venait de se passer l'avait plongée dans une épouvante que les autres allaient partager.

Mais personne ne réagit, ni même ne sursaute.

– Comment ça, ta sœur ? dit doucement Mme Lucile en lui prenant la main.

La petite ne va pas bien, c'est évident.

Jeanine doit s'expliquer :

– Mme de Clairevoie, la cliente…

– Oui ?

– Eh bien, c'est ma sœur.

Les yeux s'arrondissent, particulièrement ceux de Lucile qui, eux, ont vu la cliente.

Et l'idée qu'il puisse y avoir un lien quelconque entre Jeanine, avec ses cheveux plats et ternes, boulotte, déjà légèrement voûtée, qu'on ne remarque pas dans la rue, même si elle fait toutes ses robes elle-même et qu'elles sont charmantes, et cette longue cavale de race, relève du grotesque.

Si encore il y avait une vague ressemblance, un air de famille, Mme Lucile aurait peut-être hésité, réfléchi un brin, mais là, c'est tout vu : Jeanine délire !

– Allons, allons, calme-toi !

– Je vous assure, madame Lucile, je l'ai bien reconnue, c'est ma sœur. Elle a le même grain de beauté…

Lucile éclate de rire :

– Mais toutes les femmes ont des grains de beauté, et, sur le nombre, il arrive qu'ils soient placés au même endroit… Depuis combien de temps tu ne l'as pas revue, ta sœur : au moins dix ans ?

– Bientôt onze…

– C'était alors une gamine, tu t'en souviens mal, tu as cru la reconnaître parce que tu es fatiguée. Tiens, tu vas rentrer chez toi, et, après un bon sommeil, il n'y paraîtra plus. N'oublie pas que M. Max veut revoir ses toiles demain, surtout celle du trois-quarts, qui pose problème !

Mme Lucile sait qu'à la seule évocation d'un « problème », Jeanine est immédiatement sur pied et au travail avant les autres, s'il le faut.

Cette fois, elle ne reconnaît pas son ouvrière : plus rien ne semble l'intéresser. Jeanine se contente de répéter :

– Je ne me trompe pas, je l'ai bien reconnue, c'est elle, c'est Colette !

– La preuve que ce n'est pas ta sœur, c'est que Mme de Clairevoie se prénomme Kyra, répond Lucile d'un ton péremptoire. Tenez, Rose, prenez vos affaires et raccompagnez Jeanine jusque chez elle, je vous laisse partir…

Le cadeau n'est pas grand, car il est six heures moins dix. Mais une première d'atelier n'accorde pas de faveur, fût-ce de quelques minutes, sans le faire remarquer.

Cela va faire une bonne heure que Kyra de Clairevoie, secondée par sa femme de chambre, s'affaire à sa toilette et tente de mettre en place la robe vert Nil devant sa glace à trois faces.

– Aidez-moi donc, Emma, je n'y arrive pas ! finit par lâcher Kyra dont les doigts pianotent vainement du côté de son dos.

– J'arrive, madame, répond Emma qui prépare sur le lit les longs gants de peau blanc argent, ainsi que la minaudière or et brillants contenant le nécessaire de remaquillage.

En quelques instants, Emma a attaché les minuscules agrafes – il n'y a que les grands couturiers pour en poser d'aussi malcommodes, mais il faut reconnaître qu'elles se dissimulent parfaitement dans une couture.

– Voilà, c'est fait !

– Et ça ? demande Kyra, agitant un pan de satin resté libre, comme s'il était de trop.

– Attendez, cela doit aller là…

– Sûrement pas ! proteste Kyra. Vous voyez bien que ça ne tient pas !

– Il y a sans doute un coulant. Madame peut-elle lever le bras ?

Mais Kyra a beau lever un bras, puis l'autre, ni coulants ni pressions ne se présentent pour décider du sort du pan.

– Je pense qu'il faut l'enfiler en premier, comme une épaulette, dit Emma. Si madame permet, je vais la défaire et nous allons recommencer…

On recommence. Maintenant, ce sont deux pans qui ne trouvent pas leur emplacement.

Kyra s'énerve. Elle est maquillée, le cheveu impeccablement ondulé, et chaque fois qu'elle enfile ou ôte la robe vert Nil, elle doit se couvrir la tête d'un carré de mousseline pour ne pas tacher sa toilette ni déranger sa mise en plis. C'est fatigant. D'autant plus qu'elle a dû décrocher ses bijoux qui risquaient de rayer le satin.

– Vous y arrivez, Emma ? Ça ne doit pas être si compliqué...

– Une seconde, madame, je vais mettre la robe à plat sur le lit et l'étudier...

Mais Emma a beau ramener un pan sur l'autre, le devant sur le dos – à propos, quel est véritablement le devant ? et le dos ? –, elle n'y parvient pas. On dirait un puzzle, un casse-tête chinois, une mauvaise blague.

M. de Clairevoie a déjà frappé deux fois à la porte de la chambre de sa femme.

Il sait que lorsqu'elle s'habille pour une grande soirée, il vaut mieux la laisser seule avec Emma. Brusquement, Kyra va surgir, magnifique. Cette femme, il s'en est aperçu dès leur première rencontre, a le don de l'élégance. Une infinie désinvolture, le sens du spectaculaire. Quand elle fait son apparition, on ne voit qu'elle, et Clairevoie adore ça. Il est flatté comme s'il y était pour quelque chose ! Oui, il l'est : il l'a choisie, même s'il n'était pas le premier, et maintenant c'est lui qui paie.

Un privilège qu'il ne laisserait à aucun autre : Kyra fait partie de son luxe, de son train de vie, comme le petit Chabrun a ses chevaux. Et, tout de même, une femme, c'est mieux qu'une jument ! Il n'y a que les imbéciles, comme Chabrun pour penser le contraire…

Il va être neuf heures et demie et ils n'arriveront pas à Versailles avant dix heures, ce qui est tard, même si l'invitation était pour neuf heures.

Clairevoie, qui a épuisé tout ce que peut faire un honnête homme pendant que sa femme s'habille – journaux, cognac, cigare – fait carrément irruption dans la chambre.

– Enfin, que se passe-t-il ?

– Je n'arrive pas à mettre ma robe !

– Tu plaisantes ?

– Regarde toi-même ! dit Kyra qui a de nouveau enfilé la robe vert Nil et qui, cette fois, s'est coincé un bras dans l'une des épaulettes. Je ne peux même plus la retirer, aide-nous…

Clairevoie, sur les instructions d'Emma, tire sur le bras replié de Kyra qui s'extirpe de la robe.

– Quelle histoire ! s'exclame Clairevoie. C'est drôlement fichu, ces machins-là ! Eh bien, que veux-tu que je te dise, mets-en une autre !

Il lui aurait dit d'aller toute nue qu'elle n'aurait pas été plus choquée.

– Tu n'y penses pas, j'ai fait faire cette robe exprès pour la soirée !

– Mais puisque tu ne parviens pas à l'enfiler, elle a un défaut, je ne sais pas, moi, une erreur de conception !

– Je l'ai essayée cet après-midi chez Valence, elle allait parfaitement !

– Eh bien, appelle-le, ton Valence, qu'il vienne voir !

– Tu as raison.

Seulement, Max Valence n'est pas chez lui. Mme Rolande non plus. Emma, sur la demande d'une Kyra à bout de nerfs, téléphone à la maison de couture où le veilleur de nuit, qui a l'adresse de toutes les ouvrières, finit par lui donner celle d'une première main de l'atelier de Mme Lucile, Jeanine Lemaire, qui, celle-là, habite Paris – les autres résident en banlieue. Seulement, elle n'a pas le téléphone.

– Qu'est-ce qu'on fait, madamc ?

Kyra hésite quelques secondes.

– Tu envoies le chauffeur la chercher.

Peu après, Clairevoie, qui a épuisé ses réserves de patience, pénètre à nouveau dans la chambre de sa femme :

– J'y vais seul, vous me rejoindrez là-bas !

Dans son énervement, il s'est mis à la vouvoyer, comme il fait en public.

– Si vous voulez, mon ami. Seulement, il faut que vous attendiez le retour du chauffeur.

– Où est-il, celui-là ?

– Il est allé prendre l'ouvrière !

– Quelle ouvrière, pour quoi faire ?

– Mais celle qui a fait ma robe ! Pour qu'elle m'aide à l'enfiler. C'est vous qui me l'avez suggéré.

Il est plus de dix heures quand Jeanine, assise au fond de la limousine blanche conduite par le chauffeur en grande livrée, pénètre dans la cour de l'hôtel de Clairevoie. Le comte, chapeau haut-de-forme de guingois sur la tête, frappant l'air d'une canne à pommeau d'or, attend en faisant les cent pas sur le pavé. À peine la jeune femme est-elle descendue de voiture qu'il saute dedans, sans saluer l'arrivante, et jette d'un air furieux au mécanicien qui tient la portière ouverte :

– À Versailles !

Tandis que l'auto manœuvre pour sortir de la cour, le comte abaisse la vitre et lance distinctement en direction de qui de droit :

– On n'a pas idée de fabriquer des robes immettables ! C'est de l'abus de confiance !

La femme de chambre attend Jeanine en haut du perron et lui demande de la suivre à l'étage.

Jeanine enregistre tout sans réaction ; quelque chose en elle s'est figé depuis qu'elle a reconnu – ou cru reconnaître – Colette.

Mais, depuis qu'elle est confrontée au luxe extraordinaire des lieux, elle commence à se dire qu'elle s'est peut-être trompée : Mme Lucile avait raison, c'était la chaleur… Ou alors, c'est qu'elle s'est trop imaginé, à son insu, que Colette, loin d'elle, réalisait ses rêves d'enfant…

Car c'est bien ainsi que Colette envisageait son avenir quand elle le lui racontait, le soir, à voix basse, dans le petit lit qu'elles partageaient : « Plus tard, j'aurai plein de robes, plein de bijoux, plein de domestiques, une immense maison remplie de fleurs, une grosse voiture blanche et un mari très riche. Un comte… En plus, je serai la plus belle ! »

C'est sur ce refrain, répété tous les soirs et dans le même ordre, l'homme venant en bon dernier, que s'endormait Jeanine. Colette, elle, gardait les yeux ouverts dans la nuit, à poursuivre son rêve.

Et voilà que les choses apparaissent à Jeanine exactement comme les lui avait décrites Colette ! Seul l'ordre différait : d'abord la voiture blanche, puis le comte, puis la femme de chambre, puis la maison, et maintenant les fleurs…

La domestique ouvre doucement une haute porte lambrissée et Jeanine se trouve face à Kyra, assise devant sa coiffeuse dans la tenue où elle l'a vue l'après-midi : nue jusqu'à la taille, bas de soie bien tirés, petit pantalon brodé de dentelle, un peigne d'écaille à la main. Sublime de beauté.

– Te voilà, Jeanine ? dit Kyra d'une voix tranquille. J'ai besoin de toi...

Cette fois, c'est bien sa voix ! Et les mots aussi sont les mêmes. Que de fois Colette a dit à Jeanine : j'ai besoin de toi ! Pour lui arranger une robe, recoudre un bouton, poser des bigoudis, lui épiler les sourcils...

Jeanine, les pieds enracinés dans l'épaisse moquette, hoche doucement la tête tandis que quelque chose en elle murmure : « Ça n'est pas vrai, ça n'est pas vrai... » – ce qui signifie en fait, tout au contraire : « C'est vrai ! »

Kyra se met à rire :

– Eh bien oui, c'est moi ! Je croyais que tu m'avais reconnue...

– Je n'étais pas tout à fait sûre..., lâche Jeanine.

– Moi, dès que je t'ai vue entrer, avec ma robe sur le bras, j'ai su que c'était toi ! Tu n'as pas changé, tu sais !

– Toi, si.

– Tu trouves que j'ai vieilli ? demande vivement Colette.

– Tu es magnifique !

Colette sourit largement : c'est ça qu'elle voulait entendre.

– Dommage que Maman ne soit pas là pour te voir, ajoute Jeanine qui, décidément, a le talent du compliment, si prisé en couture. Elle serait fière de toi…

– Tu sais, soupire Colette, ce n'est pas drôle tous les jours ! Tiens, ce soir, par exemple : tu crois que ça m'amuse d'aller m'exhiber comme un animal de cirque ? Dites donc, Emma, allez donc nous chercher quelque chose à boire, et aussi à manger ; c'est qu'il se fait tard…

– Mais, madame, votre robe !

– Je me débrouillerai avec mademoiselle, elle est venue exprès pour ça !

Habituée aux caprices de Mme de Clairevoie, Emma, tout de même, s'étonne un peu : madame se laisse tutoyer par une ouvrière de la couture ? Enfin, elle a toujours pensé que les origines de sa patronne étaient obscures : la preuve, elle ne reçoit jamais aucun membre de sa famille, elle n'a même pas une photo… Qui sait, madame a peut-être commencé dans les ateliers, elle aussi, ce qui expliquerait sa science de la toilette.

Pourtant, elle ne sait même pas coudre un bouton !

Mais comme la vie de n'importe quelle femme du monde est un mystère, Emma cesse de s'interroger.

Machinalement, Jeanine s'est approchée de la robe étalée sur le lit, elle la dispose pour qu'il n'y ait plus qu'à l'enfiler.

– Alors, comme ça, tu travailles toujours chez Max Valence ? s'enquiert Colette.

– Depuis dix ans.

– C'est la première fois que j'y vais, c'est pour ça que je ne t'ai jamais rencontrée. À propos, où vis-tu ?

– J'habite toujours l'appartement !

– Ce trou à rats ?

– Je l'ai fait repeindre, installer. Tu sais, je gagne de l'argent, dit fièrement Jeanine.

– C'est drôle, tu vois : moi, je ne fais qu'en dépenser !

Colette se lève, se secoue, longue et fine comme une lame.

– Clairevoie prétend que c'est ça, mon métier : dépenser ! Tu te rappelles, Maman disait déjà que toi, tu étais bonne à travailler, et moi bonne à rien. Eh bien, j'ai trouvé ma voie : je suis une excellente « dépenseuse » !

– Tu veux que je te passe ta robe ?

– Va bien falloir que j'y aille, à ce diable de bal, ne serait-ce que pour leur montrer ce truc-là, dit Colette en désignant la somptueuse robe du soir que Jeanine lui présente à deux mains.

– Elle te va tellement bien !

– Je l'enfile par où ? demande Colette de cette voix de petite fille à laquelle sa sœur n'a jamais su résister.

– Tends les bras et laisse-toi faire…

Dans sa robe vert Nil si ajustée qu'on l'y croirait « cousue » – Jeanine a rajouté quelques points directement sur elle –, ses longs gants argent montant jusqu'au coude, sa rivière de diamants coulant comme de l'eau sur sa peau pâle, fraîchement recoiffée et remaquillée par Emma, Colette a l'allure d'une souveraine. Elle le sait.

Au moment où les deux sœurs vont pour quitter la chambre, Emma lance vers sa patronne un coup d'œil qui signifie : « Je donne un pourboire ? »

Colette fait signe que non.

– Viens, Jeanine, dit-elle, je te dépose.

– Mais tu es déjà en retard !

– Ne t'en fais pas, plus j'aurai de retard, plus j'aurai de succès !

Colette a raison : elle est de cette substance dont on fait les stars, et quand elle se sent en forme, elle éclipse toutes les autres.

Mais il lui faut des heures, des jours pour se préparer avec le concours de toute une équipe : couturier, bottier, coiffeur, parurier, bijoutier, femme de chambre, etc.

– Dis donc, demande Colette à Jeanine dans l'escalier, tu ne voudrais pas revenir m'habiller, les soirs où je sors ? Tu sais que tu es plus habile qu'Emma...

– C'est que je travaille...

– Mais je te paierai ! Tiens, tu pourras même t'arrêter de travailler, tu y gagneras... Tu t'installeras là-haut, il y a de la place. Le matin, tu m'arrangeras mes robes, et le soir, tu m'aideras à les enfiler ! À nous deux, je les battrai toutes !

Jeanine sourit : décidément, Colette n'a pas changé, il lui faut toujours les autres pour arriver à ses fins.

– Je te remercie, mais mon travail me plaît bien.

– Ces ateliers pouilleux ? Ce traitement de misère ?

– J'aime les robes...

– Mais moi aussi, j'aime les robes ! Demande à Emma, j'en achète tout le temps... Alors, tu vas y réfléchir ?

– Oui, consent Jeanine pour ne pas gâcher la soirée de sa sœur.

Le lendemain, quand Jeanine arrive à l'atelier, la chaleur est quelque peu tombée. Tout de suite, elle se met à monter les nouvelles toiles d'après les croquis que Max Valence a réalisés durant la nuit et qu'il a fait apporter par son chauffeur. Le couturier arrivera vers midi à son studio, il compte bien voir ses toiles bâties.

Tout en s'activant, Jeanine regarde voler ses mains : « J'ai des mains, se dit-elle. Colette, elle, n'a qu'un corps… »

Elle se tait, les autres aussi. Puis un léger murmure se fait jour, enfin ; l'une a le courage de formuler tout haut la question que tout le monde se pose tout bas :

– Alors, tu l'as vue ?

– Qui ça ?

– Eh bien, Mme de Clairevoie ! Le veilleur a dit au concierge qu'elle cherchait quelqu'un, hier, pour l'aider à enfiler sa robe, et qu'il a donné ton adresse. Tu y es allée ?

– Oui.

– Alors ?

– Alors, quoi ?

– Comment ça s'est passé ?

– Très bien.

– Mais tu ne l'as pas reconnue ?

– Reconnue qui ?

– Mais, hier, tu disais…

– Ah oui, je disais qu'elle était ma sœur ! Eh bien, je me suis trompée : ce n'est pas ma sœur.

Jeanine le pense vraiment.

Elle et Colette n'ont rien en commun.

Hormis la passion des robes.

J'ai épousé une robe

pour Azzedine Alaïa.

C'est la quatrième fois que cette même cliente revient, et les vendeuses sont à bout.

Sa technique est toujours la même : elle commence par regarder tous les modèles de la boutique, puis demande à en essayer quelques-uns. On lui indique alors une cabine, une seconde vendeuse lui apporte les vêtements qu'elle a désignés, elle se met en combinaison, bas bien tirés, parfumée ; et, présentant sans l'enfiler la robe à essayer à hauteur de sa taille, qu'elle a un peu épaisse, elle se tourne vers la jeune femme qui l'aide :

– Ça n'est pas ça que je veux. Ce qu'il me faut, en fait, c'est une robe de mariée.

– Nous n'en avons pas, madame.

– Je sais bien, mais je voudrais que M. Gaétan m'en fasse une…

– Mais, madame, M. Gaétan ne fait jamais de robes pour une cliente en particulier, encore moins une robe de mariée…

– J'aime tant ses créations… Je n'imagine pas de me marier dans autre chose qu'une robe faite par lui… À dire vrai, je n'ai aucune envie ni besoin de me marier ! Sauf si Armand Gaétan me fait la robe ! Si je consens à me marier, c'est uniquement pour porter à mon mariage une robe de Gaétan ! Vous comprenez ?

La jeune fille hoche la tête. Elle est prévenue de la lubie de la cliente, connue maintenant par toute la maison ; tout de même, le fou rire la prend et elle est obligée de quitter le salon d'essayage pour aller pouffer dans le couloir.

Une femme qui ne se marie que pour une robe ? On n'a jamais vu ça en couture où l'on a pourtant tout vu !

– Enfin, comment est cette femme ? demande Armand Gaétan à son jeune assistant, Jean-Philippe.

Gaétan travaille au même modèle depuis déjà une heure et Jean-Philippe sait, dans ces cas-là, qu'il faut distraire le maître avec telle ou telle anecdote. Cela n'interrompt pas les mains prodigieuses dans leur labeur, au contraire. Pendant que l'esprit de Gaétan s'occupe d'autre chose, qu'il s'indigne, cancane, en réclame encore, le travail sur le modèle avance… À la limite, on dirait qu'il se fait tout seul !

Cette fois encore, la méthode se révèle être la bonne.

Armand s'arrête, pivote sur son tabouret, une main sur la hanche, et lance à Jean-Philippe :

– Tu me racontes des histoires. Ça ne peut pas être vrai ! Je n'ai jamais entendu une chose pareille, tu exagères, tu me fais marcher !

– Je t'assure que je n'invente rien ! Demande en bas, les filles te le confirmeront !

– Une femme qui accepte de se marier dans le seul but de porter une robe de moi ! Ça n'est pas possible !

– Armand, je te jure que c'est vrai !

Armand Gaétan hoche la tête.

– Menteur !

Puis il retourne à son modèle et, cette fois, le drapé de la hanche se met en place et tombe juste.

– Voilà, Lucienne, c'est fait, vous me le montez comme ça, vous avez compris ?

– Oui, monsieur, dit Lucienne, soulagée. Elle commençait à l'exécrer, ce drapé, et que le studio s'en soit enfin tiré grâce à cette histoire de robe de mariée fait qu'elle est prête à la lui faire elle-même, sa robe, à la cliente, rien que par reconnaissance !

Épuisées, la première et le mannequin quittent le studio et Armand Gaétan se lève, étire les bras, se frotte la nuque, lance un regard par la fenêtre, puis prend dans ses bras Oh-là-là, son petit chien dont les léchages le délassent.

Le chien niché dans son cou, il revient vers Jean-Philippe, demeuré immobile dans son fauteuil. Le jeune homme sait que lorsque le maître se détend, entre deux modèles, il ne faut pas bouger, mais lui laisser tout le volume de la pièce, choisie étroite exprès. (Dans un trop vaste espace, chacun sait que les idées se perdent.)

– Mais enfin, comment est-elle ?

– Qui ça ? interrogea Jean-Philippe qui n'y pense déjà plus, car il vient de consulter sa montre : à ce rythme-là, si on veut terminer le flou ce soir, comme l'a décidé Armand, on est bon pour une nouvelle nuit blanche !

C'est un dur et bien ingrat métier que la couture. Mais soutenir un créateur est encore pire : toutes les louanges sont pour lui, tandis que son assistant, qui a pour fonction de ne pas le quitter d'une semelle, passe pour un parasite !

– Je te parle de la future mariée ! Comment est-elle ?

– Ah, la femme qui veut que tu lui fasses sa robe ? Eh bien, elle est ordinaire.

– Enfin, Jean-Philippe, je t'ai dit cent fois qu'il n'y a pas de femmes ordinaires : il y a des femmes, c'est tout…

– Eh bien, elle n'est pas très jeune, pas très grosse, pas très grande, elle est… moyenne !

– Et le marié ?

– Elle n'est jamais venue avec lui. Tout ce qu'on sait, c'est qu'ils sont ensemble depuis quatorze ans et elle a dit qu'au point où ils en étaient, elle n'avait aucune raison valable de l'épouser, sauf une : elle désire une superbe cérémonie à l'église, suivie d'une magnifique réception dans leur propriété à la campagne, juste pour offrir un cadre digne d'elle à ta robe !

– Une grande fête rien que pour ma robe ? murmure rêveusement le couturier.

Il se reprend :

– Mais il n'en est pas question, je ne fais pas de robes à la commande, moi ! Surtout pas pour une femme inconnue qui n'est ni jeune, ni belle, ni grande… Est-ce qu'au moins elle est riche ?

– Je ne sais pas.

– Elle n'a donc rien du tout, cette femme-là ?

– Si : elle adore tes robes. Elle ne porte que du Gaétan.

Le couturier repose le petit chien sur son bureau.

– Et toi, Oh-là-là, si je te fais une robe, est-ce que tu te marieras ?

« Ouah ! ouah ! » répond Oh-là-là qui adore quand Gaétan lui adresse la parole.

– Tu serais comment, avec un voile ?

En un instant, le couturier a déniché du tulle blanc dans l'un des nombreux cartons qui encombrent son studio, il en fait un voile qu'il pose sur la tête du petit chien, et le maintient dans les plis à l'aide d'un bouquet blanc de fleurs en tissu.

– Jean-Philippe, regarde Oh-là-là, n'est-il pas la mariée idéale !

L'assistant éclate de rire.

Quand Lucienne revient avec ses nouveaux essayages, Jean-Philippe tient dans ses bras Oh-là-là couronné de tulle blanc, et Armand Gaétan, d'un air plein de componction, fait mine de lire dans le cahier où sont épinglés les échantillons :

– Jean-Philippe, voulez-vous prendre pour femme Oh-là-là ici présent, et jurez-vous de…

« Tant mieux, se dit Lucienne, habituée aux farces du patron, il a recouvré sa bonne humeur ! Pourvu qu'il ne voie pas que j'ai triché en montant le crêpe de soie : l'effet qu'il demande est impossible à réaliser dans cette matière, ça glisse trop… »

– Dites donc, Lucienne, dit Gaétan avant même qu'Irma, le mannequin, ait achevé de passer la robe, ce n'est pas le mouvement que je vous ai demandé, ça !

– Fichue, se dit Lucienne, il s'en est aperçu !...

Armand Gaétan a ce bonheur – ou ce malheur – d'être un grand, très grand couturier : rien ne lui échappe !

Cornelia Boullain n'est pas de ces femmes qui croient à l'impossible – surtout chez un couturier – et elle a raison.

Elle est revenue chez Gaétan et elle est en train d'examiner des écharpes, comparant les tons, les motifs – occupation, comme chacun sait, particulièrement prenante –, quand Armand Gaétan descend de son atelier, appelé par la directrice de la boutique qui veut recueillir son avis sur un arrivage dont elle n'est pas satisfaite.

Cornelia lève le nez au passage du maître, le reconnaît et marche droit sur lui.

– Monsieur Gaétan ! Que je suis heureuse de pouvoir vous dire toute l'admiration que j'ai pour votre œuvre...

– Je vous remercie, madame, dit Gaétan, flatté et prêt à continuer son chemin.

– Je ne m'habille que chez vous et je ne conçois pas la vie sans vos robes !

Tiens, une femme qui a du goût !

– Merci, madame, puis-je vous demander votre nom ?

– Cornelia Boullain.

Manifestement, ce nom ne dit rien au couturier, mais la cliente ajoute :

– C'est moi, la robe de mariée… Oh, je vous en supplie, monsieur Gaétan, faites-la-moi !

« Zut, se dit Gaétan, me voilà coincé ! C'est leur faute, aussi, à la boutique : ils auraient dû m'avertir qu'elle était là… »

Toutefois, pour une raison inexplicable, il n'arrive pas à s'en aller.

– Vous savez, je ne suis pas exigeante… Votre modèle sera le mien… Votre prix aussi, bien entendu.

– Madame, ce n'est pas une question d'argent, c'est seulement que je suis en pleine collection, et…

– Vous me la ferez quand vous voudrez et comme vous voudrez ! Je fixerai la date de la cérémonie en fonction de vous !

Elle secoue ses cheveux poivre et sel et, soudain, Gaétan s'aperçoit que Cornelia ressemble à Oh-là-là, avec ses petits yeux vifs et perçants qui, à travers les mèches tombées sur son front, le fixent d'un air suppliant. D'un air de bon chien – de brave chienne, à dire vrai.

La ressemblance lui donne envie de rire, et c'est ce qui le décide : on ne s'amuse pas tous les jours, dans les salons de la haute couture.

C'est bien : il va la lui faire, sa robe de mariée, et il l'appellera Oh-là-là. Cela va faire rire Jean-Philippe.

– Eh bien, je vais voir, madame, si j'ai un peu de temps… Qui est votre vendeuse ?

– Mme Jéromine.

– Jéromine vous tiendra au courant.

Dès le lendemain, Armand crayonne comme sans y penser des robes de mariée sur le bloc du téléphone, sur le carnet de rendez-vous… Comme il n'a pas parlé de cette rencontre ni de son acceptation à Jean-Philippe, celui-ci s'étonne :

– Tu n'as pas commencé la collection et tu en es à faire une robe de mariée ? Ce sera une première…

– J'ai eu une idée… Sous prétexte qu'on ne se marie qu'une fois, du moins en blanc, nous faisons toujours des robes de mariée éphémères, dans des matières si fragiles qu'elles sont fanées et hors d'usage le soir même…

– Tu as déjà vu une femme remettre sa robe de mariée ?

– Eh bien, pourquoi pas ? Elle peut en avoir envie pour fêter, je ne sais pas, moi, ses noces d'or ou de diamant…

– Elle aura l'air en guenilles ! En plus, elle n'entrera pas dedans !

– Il suffit de faire une robe qui se conserve, une robe d'amour éternel, comme on dit pour les diamants. Les épousées d'autrefois gardaient leurs couronnes de fleurs d'oranger sous globe. J'ai envie de faire une robe de mariée qu'on puisse mettre sous globe !

– Qui te l'achètera ?

– Imagine-toi que j'ai déjà la commande… Mon prix sera le sien, et mon modèle aussi…

– Ne me dis pas qu'elle a fini par t'avoir !

– « Elle », comme tu dis, ne m'a pas eu ! C'est moi qui me suis décidé.

Jean-Philippe tourne les talons, très agacé et jaloux.

Il faut un tissu Stretch pour que la robe puisse se remettre même si l'épousée, avec le temps, vient à changer de formes et de mensurations ; toutefois, un fourreau ne convient pas.

Gaétan réfléchit, travaille, a l'idée de bandes transversales qui maintiennent le Stretch en état d'étirement sur une armature de joncs en plastique. La jupe se balance comme une crinoline, et le buste, bien appliqué, arrive à donner l'illusion que Cornelia est presque mince.

Dès le premier essayage, Mme Boullain se révèle enchantée… Le maître travaille pour elle et rien que pour elle. (Le rêve de toutes les clientes de la haute couture…) Un modèle unique, car un grand couturier ne se permettrait pas de répéter la même robe de mariée pour une autre femme : ce serait un sacrilège !

Toutefois, un détail la chiffonne, dont elle finit par s'ouvrir à Mme Jéromine : le blanc ne fait pas tout à fait blanc, il tire sur l'écru… Jéromine transmet au maître, lequel s'en est aperçu, mais allez faire ce que vous voulez avec des matières comme le Stretch !

Le voilà qui demande aux filatures de lui créer un fil de soie extensible blanc/blanc. C'est dispendieux, mais possible. Une ouvrière est chargée d'en tisser une dizaine de mètres, sur un métier spécial.

L'arrivée du tissu est un événement : blanc, brillant, soyeux. Il est admirable, et Armand se dit qu'il n'a pas travaillé en vain : il a trouvé un nouveau matériau et demandera à l'usine de continuer pour lui la production.

À l'essayage suivant, Cornelia Boullain nage dans le bonheur ! Cette fois, sa robe, elle la tient, et après avoir discuté dates de livraison avec Jéromine, elle fixe le jour de la cérémonie.

Ce sera le 22 septembre, en l'église de la Madeleine, puis toute la noce se rendra dans leur propriété de Houdan où des tentes dressées dans le parc dessiné par Le Nôtre abriteront un lunch à faire pâlir l'Élysée.

Tandis que Cornelia Boullain, qui a engagé une secrétaire, rédige ses invitations – plus de cinq cents – et s'occupe personnellement des moindres détails (parking, fleurs, musique, tenue des serveurs), Armand Gaétan voit et revoit sa robe.

D'un blanc liquide, elle est soyeuse, extensible, somptueuse, et pourtant, quelque chose, il le sent, n'est pas encore au point…

À force d'essayer sur Irma, quand Mme Boullain n'est pas dans les parages – mais Dieu sait si elle est là souvent –, Gaétan comprend son erreur : il a été trop timide !

Le tissu est si beau qu'il lui a laissé toute sa plénitude, alors qu'aucun couturier digne de ce nom ne doit hésiter à tailler sauvagement dans un brocart, un broché, une guipure, une broderie, et même dans de la zibeline ou du chinchilla si l'inspiration lui en vient.

Crac-crac ! c'est ainsi qu'on manifeste qu'on est au-dessus de la matière… Qu'on plane dans l'idéal.

Gaétan saisit ses ciseaux, fonce sur Irma et découpe la robe… en lanières. Mme Lucienne et

Irma pensent d'abord qu'il est devenu fou ! Leur cœur bat à coups précipités, puis elles comprennent : il s'agit d'incruster des bandes de dentelle, et, pour que cela ne fasse pas gnangnan, Armand ne s'est pas contenté de pratiquer des ouvertures régulières dans la robe, il l'a proprement déchiquetée.

Une fois bâti, l'effet est génial !

Reste qu'incruster cette dentelle à la main dans cette soie extensible se révèle être un travail de damnée : il y faudra des jours.

Mme Jéromine est chargée de prévenir Mme Boullain que la robe ne sera certainement pas prête pour le 22, elle est en pièces à l'atelier, M. Gaétan l'exige : on refait tout.

C'est là que Cornelia Boullain prouve à quel point elle a du nerf et de la suite dans les idées : « Très bien, répond-elle sans se fâcher, je reporte le mariage ! Voulez-vous demander à M. Gaétan quelle nouvelle date il me conseille ?

Ce fut le 15 octobre.

Quand Cornelia Boullain pénètre dans l'église de la Madeleine, les quatre cents invités déjà présents ne peuvent s'empêcher de faire : « Oh ! »

Des robes de mariées, il y en a, il y en a eu, il y en aura encore de féeriques, mais celle-là possède quelque chose en plus. Elle a, comme on dit bêtement, une âme. On sent que le couturier ne s'est pas contenté de choisir un tissu pour couper dedans et en assembler les morceaux, il a fabriqué une sorte d'habitacle où Cornelia est comme un astronaute dans son vaisseau spatial, seule, à l'abri, mystérieuse, voguant vers les étoiles.

Cornelia le sait, le sent, et rayonne de bonheur.

Installé au bout de la nef, devant l'autel, son futur époux, en frac, se retourne pour voir sa promise remonter le chœur.

Et il a un choc.

Charles savait, bien sûr, que depuis des mois Cornelia préparait en grand secret sa robe de noces avec Armand Gaétan. Selon les jours, elle était préoccupée ou enchantée. Mais, pour Charles comme pour tous les hommes, une robe est une robe. Et s'il était convaincu que Cornelia faisait pour le mieux, il ne s'attendait pas à ce que ce fût à ce point extraordinaire. Du jamais-vu.

Tout le temps que dure la cérémonie, au lieu de regarder en direction du prêtre qui prononce les paroles sacramentelles, Charles fixe Cornelia.

En descendant la nef, sa nouvelle épouse à son bras, le nouveau marié en profite pour tâter d'un doigt discret l'étoffe de la jupe qui frôle son pantalon. C'est doux, soyeux, résistant aussi, et pneumatique.

Les photographes n'ont aucun mal à obtenir des mariés qu'ils demeurent les yeux dans les yeux ; en fait, Charles examine la monture du col, étudie l'attache du voile, la coiffure – sur ce seul point, Gaétan s'est révélé traditionnel : il a voulu une couronne de fleurs d'oranger comme celle que portait sa propre mère à l'église, il y a pas mal d'années.

Une fois dans leur propriété de Houdan, Charles ne permet à personne de danser avec Cornelia.

– Je n'aurais jamais cru qu'il était encore aussi amoureux, s'étonne la meilleure amie de Cornelia.

– Surtout pour régulariser une si vieille liaison, susurre une deuxième meilleure amie.

La troisième meilleure amie se joint à elles :

– Les hommes sont bizarres : on dit toujours que ce sont les femmes qui adorent se marier, eh bien, eux encore plus, même s'ils ne se l'avouent pas... Au fond, ce ne sont que de gros nounours sentimentaux ! Je vais proposer le mariage à Edgar, il va adorer ça ! » dit-elle au moment où survient la nouvelle maîtresse dudit Edgar, qui pâlit et se dit qu'elle va prendre les devants.

Ce jour-là, le mariage a la cote chez ces femmes qui se disent « libérées », attachées au célibat : Cornelia a parfaitement, merveilleusement, délicieusement réussi son coup. Elle en a conscience et, en son for intérieur, remercie Armand Gaétan ! Tout ça, c'est grâce à lui.

Demain, elle va lui envoyer un immense bouquet de fleurs. (Il n'a pas voulu assister à la réception.) Il faudra aussi qu'elle lui demande ce qu'elle lui doit : ce sera sans doute phénoménal, mais peu importe, cela le vaut !

Comme d'habitude, Cornelia et Charles font, ce soir-là, chambre à part. Charles est un lève-tôt et Cornelia adore faire la grasse matinée. Ils ne se sont d'ailleurs pas couchés à la même heure, et, pour une fois, Cornelia l'a regretté : elle a eu un mal fou à s'extirper toute seule de sa robe qu'elle a fini par abandonner sur le tapis de sa chambre.

Tiens, où est-elle ?

Sylvie, la femme de chambre, a dû entrer sans qu'elle l'entende, et la suspendre. Bien sûr, la robe est à toute épreuve, comme l'a voulue Armand Gaétan – il l'a même fait imperméabiliser et ignifuger –, mais Sylvie est si soigneuse qu'elle n'a pas dû vouloir la voir traîner.

Cornelia se donne un coup de peigne, passe un peignoir rose à incrustations de dentelle – plus on vieillit, plus il faut être élégante au coucher comme au réveil – et elle descend au rez-de-chaussée. Elle pense y trouver Charles, déjà attablé devant le petit déjeuner à lire *Le Journal du dimanche*, où il y a peut-être une photo de la robe.

Cornelia a très envie de commenter la journée de la veille avec son mari et de recevoir à nouveau ses compliments.

Mais point de Charles.

Il n'est pas non plus au jardin. Ni au bord de la piscine. Pourtant, les domestiques ne l'ont pas vu sortir, mais le jardinier revient en disant que le cabriolet de Monsieur n'est plus dans le garage.

« Bah, se dit Cornelia, il a voulu montrer qu'il n'est pas à la laisse, sous prétexte qu'il vient de se marier ! Il est allé voir son vieux copain Léon. Ou alors, il est parti à l'entraînement, à Maisons-Laffitte, voir courir ses chevaux... Il reviendra pour déjeuner. »

Charles ne rentre pas. Il ne téléphone pas non plus, et Cornelia commence à s'inquiéter. Pour passer le temps, elle se met à ranger ; il faut dire que la maison en a besoin.

– Sylvie, où avez-vous accroché ma robe, il va falloir lui trouver une place spéciale.

– Quelle robe, Madame ?

– Voyons, ma robe de mariée...

– Je n'y ai pas touché, Madame.

Il fallut se rendre à l'évidence : la robe avait disparu en même temps que Charles.

Deux jours plus tard, la fatale nouvelle est connue du monde entier : l'avion privé qu'avait loué Charles Stetting s'est écrasé dans les montagnes Rocheuses. Horrible détail : le célèbre homme d'affaires n'a pas été tué sur le coup, mais a pu se traîner hors de l'appareil, et on a retrouvé son cadavre enlaçant… une robe de mariée.

La robe, elle, n'avait rien ; elle n'était même pas froissée.

« Le pauvre amour, il a été si choqué par le crash qu'il a pris ma robe pour moi ! » déclare partout Cornelia en pleurant des petites larmes bien perlées dans son mouchoir de soie. (Comme elle a bien fait d'insister pour se marier : maintenant, elle hérite de tout.)

Toutefois, elle se garde bien de dire qu'elle n'était pas du tout au courant de la fugue de Charles avec son dernier coup de cœur : une robe !

DÉFILÉS DE MODES…

Christian Dior
le volcan

Gianfranco Ferré est un volcan qui feint l'apaisement.

Sous l'écorce, le feu !

Sa collection commence d'ailleurs par nous éclabousser de rouges ! Vermillon, écarlate, pourpre, carmin. Ils sont tous là sur le podium, à s'harmoniser les uns *contre* les autres, dans une danse torride où le créateur montre en douceur sa maîtrise. Ne domine pas le rouge qui veut.

Ses suites en noir, bleu ou vert, semblent, par contraste, virer vers le calme, presque la sagesse, avec des retours à la taille plate et cintrée d'où jaillissent d'immenses jupes en corolle.

« Mais j'ai porté cela ! » s'exclament les femmes de mon âge, ravies de s'apercevoir que leur jeunesse est encore en scène.

Ce n'est qu'une apparence : sous chaque modèle, tailleur pantalon, tailleur robe, robe chemisier, manteau, robe courte ou du soir, frissonnant, bouillonnant, débordent des « dessous » à damner le diable.

Friselis, juponnages, dentelles, dépassements insolites déséquilibrent voluptueusement le regard. On ne sait ce qui séduit le plus dans ces modèles à double sens et à deux vitesses : ce qu'on voit, en extérieur, de parfaitement ordonné, ou ce qu'on devine, à l'intérieur, de tout à fait déchaîné.

L'érotisme est ici constant, parfois discrètement insinué. Ou affiché avec violence lorsque les filles-tiges déboutonnent leur veste : ni chemisier, ni nudité, mais des corsets de charme, transparents et baleinés, construits et rebrodés, inexpugnables.

Ces cuirasses de fleurs fracassent à tout jamais l'idée classique et banale qu'on peut se faire d'un tailleur du jour.

Oui, Gian-Franco Ferré est un véritable volcan. De loin, il vous rassure par un distant classicisme. Approchez, et la lave contenue surgit et vous emporte…

Le maître est italien et le séisme, sa vraie nature !

Il s'en sert pour allier divinement le savoir-faire diorissime de ses ateliers à la fougue, venue du Sud, d'un fol amoureux du féminin.

Cette année, je me suis rêvée – conquérante, irrésistible – en Dior !

Chanel for ever

Quand on a connu la Dame, on ne peut assister à une collection Chanel sans se demander ce que Mademoiselle en aurait pensé : serait-elle contente ?

Mademoiselle était si critique, si exigeante quand il s'agissait de couture ! (Bonne, secrètement généreuse pour le reste.)

Karl Lagerfeld, cette saison-ci, a voulu lui faire totalement plaisir, lui rendre hommage en montrant au monde que le style Chanel est toujours à la pointe du modernisme. Et il a réussi. Mademoiselle aurait exulté – comme je l'ai fait !

J'ai tout retrouvé de ce que j'ai tant aimé : la jupe sous le genou, la taille archimince, les épaules rondes avec le dessous du bras tellement remonté qu'on se demande où est passé le tissu. Les tissus, justement, les lainages chatoyants et sans poids, l'organza, la mousseline, le tulle, la dentelle, les paillettes. Les tweeds légers et somptueux à la fois…

De bijoux, juste ce qu'il en faut, ce qu'Elle-même en portait : un peu de perles et de gros cabochons de couleur.

Battements de cœur devant ces petites robes en mousseline blanche ou noire, sans manches, le col volanté, qui redonnent ses dix-huit ans à n'importe quelle femme. Et les jupes à trois étages ! Sans compter la dentelle d'or et d'argent qui magnifie d'étroits fourreaux.

Puis le triomphe des robes noires ! Depuis Chanel elles divinisent, allongent…

Ce diable de Lagerfeld – diabolique parce qu'il peut tout faire, tout tenter, et le réussir – a quand même montré le bout de son pied fourchu : fentes plus haut que les cuisses, chapeaux pièces montées, décolletés en abîme sur des non-seins. Une robe-tunique en tweed blanc, courte, pour la mariée !

Et puis sa musique ! Dissonante.

Du temps de Mademoiselle, la collection passait dans le silence, ce qui permettait de percevoir quelque chose d'essentiel : le bruit que fait une robe lorsqu'on marche, si différent d'un modèle à l'autre… François Mitterrand – un sensuel – a écrit : *« Chaque heure a son odeur. »* J'ajouterai : *« Chaque robe fait sa musique… »*

Dans le grand salon de la rue Cambon, j'ai retrouvé la merveilleuse émotion de mes beaux après-midi d'autrefois où le premier modèle entrait en scène à trois heures pile – *a las tres de la tarde* – comme le taureau dans l'arène...

Pour nous vaincre.

L'esprit Chanel, c'est *for ever.* Comme toutes les femmes de par le monde, je me veux en Chanel pour rester une femme heureuse.

Merci à Lagerfeld d'en renouveler, avec tant de grâce et d'amour, l'enchantement.

Christian Lacroix le poète

Christian Lacroix est un boulimique de la beauté.

Les formes, les couleurs, il les lui faut toutes, et il les répand au même instant sur chacun de ses modèles ! Parme, rouge, vert, jaune, beige, or, bleu, l'arc-en-ciel entier est à lui, et je le crois en bon chemin pour nous inventer une nouvelle couleur.

Avec quel art déroutant il équilibre son averse colorée : le haut est d'un ton, le bas d'un autre, les chaussures, les gants, la coiffure, les accessoires encore autrement…

Débordé, l'œil parcourt les détails de ces « tableaux vivants » avec la rapide gloutonnerie qui habite le maître.

Or, nous ne sommes pas rassasiés d'une féerie, qu'elle est remplacée par la suivante !

La ligne aussi est multiforme : jupes lampions, vestes à basques, taille haute, taille basse, toutes les époques sont présentes, souvent sur le même modèle. Haut du corps d'une sorte, bas de l'autre, et quant à la gauche, elle ne répète pas forcément la droite…

Chaque brève et fantastique apparition plonge l'assistance dans une interrogation émerveillée.

Fantastique, c'est le mot qui m'habite. Ce singulier couturier « déborde la couture » jusqu'à se vouloir maître après Dieu !

Car c'est à la nature inventant ses poissons des grandes profondeurs, ses stupéfiants ou grotesques insectes, que font penser certains modèles.

Ainsi celui que le créateur nomme la « Robe désordonnée », et les derniers, les chefs-d'œuvre, la rouge, la noire, « l'Encre délavée », qui, dans l'instant, ont laissé l'assistance sans voix, c'est-à-dire sans applaudissements : on n'avait jamais vu ça !

Beau, fou, divin, sublime, c'est après leur passage que les épithètes ont crépité pour tenter de cerner cette création venue d'ailleurs, à la fois théâtrale et magique.

Même les grincheux en oubliaient de geindre : « Mais qui peut porter ça ? », tant ils étaient occupés à se cramponner à leur chaise, devenue tapis volant pour le « rêve » et la gloire.

Le rêve hors du temps de Baudelaire, Mallarmé, Huysmans – seuls maîtres de Christian Lacroix, l'enfant poète devenu très grand.

Saint Laurent et l'être des femmes

Rendre les femmes androgynes sans leur ôter pour autant un atome de leur féminité, c'est le prodige que réussit Yves Saint Laurent à chaque collection.

À cause de cette réussite – unique –, nous sommes toutes là, femmes, clientes, journalistes, photographes, l'œil rivé sur ses créations comme sur un miracle.

Impavides tailleurs avec short, jupe ou pantalon, sahariennes à la fois souples et carrées, robes construites dans un rectangle : on imagine Saint Laurent dessinant ses modèles d'un trait, l'esprit ailleurs…

C'est qu'il a perçu, dès sa naissance en couture, le goût qui venait aux femmes de montrer qu'elles peuvent tout : porter le pantalon aussi bien que les hommes, tout en continuant à faire ce que les hommes ne peuvent pas ! S'enrouler les hanches d'un drapé de petits plis, ruisseler de bijoux barbares, dénouer leur chevelure, porter des gants au-dessus du coude. Dévoiler de courtes combinaisons de soie incrustées sous des trois-quarts de plumes d'autruche, ce que Joséphine Baker n'osait qu'au music-hall.

C'est beau comme une statue de Michel-Ange où l'être bisexué incarne l'acmé de nos désirs charnels : être soi et l'autre à la fois !

Épaules carrées et hanches rondes, jambes longues et peau claire sous le bas, tissus secs et soieries brillantes... Cette fête de l'harmonie n'exclut pas la fracture. Les femmes sont invitées à casser leur smoking pour ne porter que la jaquette sur une mini. Quant au pantalon, il accompagne un chemisier débordant de dentelles et de fleurs.

Tout est audace sous cette ligne stricte comme la maîtrise, puisque tout appelle à un renversement des genres, à une nouvelle interprétation de l'être-femme, lequel demeure infiniment respecté.

Jamais nous n'avons été tournées en ridicule chez Saint Laurent – ce qui arrive parfois ailleurs. Nous nous sentons infiniment aimées, et même vénérées.

Pour ce créateur sans concession, la femme peut tout – si elle le désire – sans renier son cœur.

Si Saint Laurent est inspiré par elles, les femmes ne cessent de s'inspirer de Saint Laurent pour leur liberté et leur accomplissement.

Comment vivre sans lui ?

Madeleine Vionnet, la grande patronne

Madeleine Vionnet n'est qu'exigence : de la perfection de la forme au sourire des vendeuses, tout, chez elle, est irréprochable.

Dans ce désir sans faille de supprimer les défauts, il y a de la violence. Celle qu'elle a subie, enfant : détournée par son père du métier d'institutrice – sa vocation –, elle est mise en apprentissage chez une couturière, à douze ans. La jeune fille prend tout de suite son métier à bras-le-corps – puisque c'est tout ce qu'on lui permet – et le métamorphose en art ! À dix-huit ans, ouvrière confirmée, elle se console ainsi : « Maintenant, j'ai des mains ! » Elle pourrait ajouter : j'ai une volonté, un caractère, un esprit. Et une mission : apprendre aux femmes à devenir ce qu'elles sont grâce à leur façon de choisir leurs robes, de les porter, de s'affirmer comme « suprêmes »...

Car la haute couture – qui n'existait pas avant elle – est une très haute discipline.

Pendant vingt-cinq ans, Vionnet va utiliser la couture comme une machine à changer le monde – ce monde qui l'a contrariée – en faisant évoluer les femmes dans leur corps.

Ses contemporaines étouffaient, serrées dans leur corset ? Elle les libère avec des chemises souples, puis les emballe dans une seconde peau moulée au corps. Car le biais, c'est déjà le stretch – et, à l'époque, le scandale est grand.

Et qui, avant Vionnet, a pensé à utiliser en couture les motifs de l'art nègre ou de l'art antique ? On parsème les corsages de fleurettes, on ose l'écossais – mais garnir une robe de chevaux emballés ! Vionnet se permet tout, comme si elle était peintre et brossait des fresques. Ou alors sculpteur, son rêve le plus fou. Intime des grands artistes de son temps – Dunan, Thayat... –, elle commande à Lyon des tissus aux dessins gigantesques, aux couleurs inédites, à Paris des broderies si minuscules que le fil n'entre pas dans la perle : on les colle ! François Lesage, alors encore enfant, s'en souvient !

Elle remodèle les chaussures, les sacs, le flacon de ses parfums, jusqu'au graphisme de son sigle. Tout, revu par elle, resurgit neuf, modernisé, devient « autre chose ».

C'est le refrain de mon enfance : « Il faut faire autre chose ! » Madeleine Vionnet et sa collaboratrice, ma mère, Marcelle Chaumont, cherchaient sans vraiment se l'avouer à changer le monde des femmes, celui qui les avait fait souffrir. Tout devait être différent, et même révolutionnaire ! Jusqu'à la façon plus humaine d'organiser les ateliers de la maison Vionnet : un médecin, un dentiste, une crèche, un réfectoire à demeure. Aussi des chaises pour les ouvrières qui ne connaissaient que le tabouret.

S'il y a du futurisme dans l'œuvre de Vionnet, il y a également de la virilité, de la révolte et de la grandeur. Qualités considérées, à l'époque, comme uniquement masculines.

On ne parlait pas encore d'égalité – nous ne votons que depuis 1946 –, mais je crois que ces femmes m'ont inculqué le sentiment d'une supériorité : du seul fait que j'étais femme, je pouvais tout !

Comme elles.

Ce qui n'excluait ni la courtoisie, ni la douceur.

Quand j'allais voir Marraine Vionnet, dans ma robe chaque fois neuve confectionnée par ses ateliers, la grande dame, assise près de son mannequin de bois, restait à m'attendre, les bras ouverts. Je m'y précipitais. Sa voix sur deux tons, chantante, merveilleusement articulée, me demandait en guise de bonjour : « Tu te réalises ? »

C'est seulement maintenant que je pénètre son propos : elle voulait que je désobéisse ! Que je n'écoute pas les règles, ne m'arrête pas aux interdits, mais, tout en payant le dur prix du travail et de la solitude, aille sans dévier vers mon vrai désir !

« Oui, Marraine, je t'obéis, et si je me réalise aujourd'hui, c'est grâce à toi… »

Je ne suis pas la seule à avoir suivi son conseil. Tant d'autres s'affirment de mieux en mieux parce qu'une femme de l'audace et du courage de Madeleine Vionnet leur a indiqué le grand chemin.

Ce constant exemple de labeur et de liberté, c'est par son œuvre qu'elle le donne. Sans rien en formuler. C'est moi qui me permets de le faire à sa place. Car la haute couturière ne savait exprimer son souci de beauté, d'amour et d'harmonie que par des gestes et des formes.

Table

DU MÊME AUTEUR

Un été sans histoire, roman, Mercure de France, 1973 ; Folio, 958.
Je m'amuse et je t'aime, roman, Gallimard, 1976.
Grands Cris dans la nuit du couple, roman, Gallimard, 1976 ; Folio, 1359.
La Jalousie, essai, Fayard, 1977 ; rééd., 1994.
Une femme en exil, récit, Grasset, 1979.
Un homme infidèle, roman, Grasset, 1980 ; Le Livre de Poche, 5773.
Divine Passion, poésie, Grasset, 1981.
Envoyez la petite musique..., essai, Grasset, 1984 ; Le Livre de Poche, Biblio/essais, 4079.
Un flingue sous les roses, théâtre, Gallimard, 1985.
La Maison de Jade, roman, Grasset, 1986 ; Le Livre de Poche, 6441.
Adieu l'amour, roman, Fayard, 1987 ; Le Livre de Poche, 6523.
Une saison de feuilles, roman, Fayard, 1988 ; Le Livre de Poche, 6792.
Douleur d'Août, Grasset, 1988 ; Le Livre de Poche, 6792.
Quelques pas sur la terre, théâtre, Gallimard, 1989.
La Chair de la robe, essai, Fayard, 1989 ; Le Livre de Poche, 6901.
Si aimée, si seule, roman, Fayard, 1990 ; Le Livre de Poche, 6999.
Le Retour du bonheur, essai, Fayard, 1990 ; Le Livre de Poche, 4353
L'Ami chien, récit, Acropole, 1990 ; Le Livre de Poche, 14913.
On attend les enfants, roman, Fayard, 1991 ; Le Livre de Poche, 9746.
Mère et Filles, roman, Fayard, 1992 ; Le Livre de Poche, 9760.
La Femme abandonnée, roman, Fayard, 1992 ; Le Livre de Poche, 3767.
Suzanne et la province, roman, Fayard, 1993 ; Le Livre de Poche, 13624.

Oser écrire, essai, Fayard, 1993.
L'Inondation, récit, Fixot, 1994 ; Le Livre de Poche, 14061.
Ce que m'a appris Françoise Dolto, Fayard, 1994 ; Le Livre de Poche, 14381.
L'Inventaire, roman, Fayard, 1994 ; Le Livre de Poche, 4008.
Une femme heureuse, roman, Fayard, 1995 ; Le Livre de Poche, 4021.
Une soudaine solitude, essai, Fayard, 1995 ; Le Livre de Poche, 14151.
Le Foulard bleu, roman, Fayard, 1996 ; Le Livre de Poche, 14260.
Paroles d'amoureuse, poésie, Fayard, 1996.
Reviens, Simone, suspense, Stock, 1996 ; Le Livre de Poche, 14464.
La Femme en moi, essai, Fayard, 1996 ; Le Livre de Poche, 14507.
Les Amoureux, roman, Fayard, 1997 ; Le Livre de Poche, 14588.
Les Amis sont de passage, essai, Fayard, 1997 ; Le Livre de Poche, 14751.
Un bouquet de violettes, suspense, Stock, 1997 ; Le Livre de Poche, 14563.
La Maîtresse de mon mari, roman, Fayard, 1997 ; Le Livre de Poche, 14733.
Un été sans toi, récit, Fayard, 1997 ; Le Livre de Poche, 14670.
Ils l'ont tuée, récit, Stock, 1997 ; Le Livre de Poche, 14488.
Meurtre en thalasso, suspense, Stock, 1998 ; Le Livre de Poche, 14966.
Défense d'aimer, Fayard, 1998 ; Le Livre de Poche, 14814.
Les Plus Belles Lettres d'amour, Albin Michel, 1998.
Théâtre I, En scène pour l'entracte, Fayard, 1998.
Théâtre II, Combien de femmes pour faire un homme ?, Fayard, 1998.
La Mieux Aimée, roman, Fayard, 1998 ; Le Livre de Poche, 14961.
Cet homme est marié, roman, Fayard, 1998 ; Le Livre de Poche, 14870.

Si je vous dis le mot passion..., entretiens, Fayard, 1999.
Trous de mémoire, essai, Fayard, 1999.
L'Indivision, roman, Fayard, 1999.
L'Embellisseur, roman, Fayard, 1999.
Jeu de femme, roman, Fayard, 2000.
Divine Passion, poésie, Fayard, 2000.
Dans la tempête, roman, Fayard, 2000.
Nos jours heureux, roman, Fayard, 2000.
Ma maison, récit, Fayard, 2001.
La Femme sans, roman, Fayard, 2001.

Impression réalisée sur CAMERON par

BRODARD & TAUPIN

GROUPE CPI

La Flèche

pour le compte des Éditions Fayard
en avril 2001

Imprimé en France
Dépôt légal : mai 2001
N° d'édition : 11941 – N° d'impression : 7446
ISBN : 2-213-59563-1
35-33-9563-01/4